COLLECTION FOLIO

Alexandre Labruffe

Chroniques d'une station-service

Gallimard

Cet ouvrage a précédemment paru
aux Éditions Verticales.

Né à Bordeaux en 1974, Alexandre Labruffe vit aujourd'hui à Wuhan. Après avoir vécu dans les Landes, fui la forêt, travaillé dans des usines et des Alliances françaises en Chine puis en Corée du Sud, il collabore à divers projets artistiques et cinématographiques, notamment avec le réalisateur coréen Jeon Soo-il. Il a publié son premier roman, *Chroniques d'une station-service*, aux Éditions Verticales en 2019, suivi d'*Un hiver à Wuhan* l'année suivante.

À Zoé-Li

« L’essence est née de l’érosion des mots. »

Jean Baudrillard, *Amérique*

1

Dans le brouillard, comme un phare, à peine visible : le néon HORIZON bleu déglingué du hangar qui clignote devant moi.

2

C'est la nuit. Un client ivre, au comptoir, titube, éructe :

— Où on va, merde ? Où sont les poètes, putain ?

Que répondre ? Que dire ? Il a raison. Où sont passés les poètes ? Deux clients qui cherchent leur bonheur au rayon FRAÎCHEUR lui jettent un coup d'œil suspicieux. L'homme hurle :

— Barbara ! Reviens ! Au secours !

Alors qu'ils étaient en train de saisir un sandwich au poulet, les deux autres clients se figent.

L'homme ivre me paie son plein et sa bière, en marmonnant je ne sais quoi. Je l'observe partir. Via les écrans de vidéosurveillance : sa démarche de flamant rose claudicant. Chuintement des portes automatiques. Il zigzague jusqu'à sa voiture, qui se trouve à la pompe n° 5.

Le chiffre 5, en Chine, c'est le chiffre du Wu, du rien, du vide. À l'origine et à la fin de toute chose. C'est le chiffre du non-agir, du non-être, du pompiste.

3

Il démarre et part en trombe. Sa Land Rover disparaît dans la nuit américaine qui enveloppe la banlieue de Paris.

4

Je fume une cigarette dehors. Sans client. Libéré. Léger. Enfin désœuvré. Il est minuit. J'aperçois, malgré tout, dans la brume, la forme d'un 35 tonnes. Un camion garé sur le parking poids lourd, au fond de la station-service.

Brusquement : un meuglement. C'est une vache. Une vache meugle dans la nuit. Puissance étrange et poétique de ce meuglement dans la ouate. Je m'immobilise. À l'affût. Des volutes de nuages bas se déplacent lentement, se posent sur le toit de la station. Un autre troupeau de moutons de brume caresse la pompe n° 3, recouvre les halos des lumières, des néons, des réverbères, engloutit le tout.

La station n'est plus qu'un souvenir, enfoui dans le brouillard.

Passé quelques minutes, deux vaches meuglent à nouveau. Cela provient du 35 tonnes qui les convoie. Le bruit des voitures filant à toute allure sur le périphérique : étouffé. Un souffle. La fumée de ma cigarette, à mes lèvres, suspendue. Nouveau meuglement. Je me dis que c'est déchirant une vache qui meugle dans la nuit, que c'est comme une bouteille à la mer. J'ai presque envie de pleurer. Je souris. J'exhale un nuage de fumée. Je suis trop sentimental.

5

Aujourd'hui, c'est un jour comme un autre. Il est 17 heures. Je ne fais rien de particulier. Sur le téléviseur installé derrière le comptoir, j'ai mis *Mad Max*, la version de 1979, que je regarde en boucle depuis ma prise de fonction, essayant d'en extraire sa quintessence, ses enseignements métaphysiques, philosophiques, religieux.

Un client boit un café, absorbé lui aussi par le film. Le soleil se couche. Un rayon lèche l'écran. Une Renault Espace se gare devant la pompe n° 2. Je suis disposé de telle façon que je peux regarder et la télé et l'entrée, les gens qui débarquent.

Musique *Max Decides On Vengeance.*

Une famille sort de l'Espace. Deux enfants, un couple. Ils semblent heureux, rentrent dans la station. La femme achète une bouteille de Coca Zéro tandis que le père accompagne les enfants aux toilettes. Elle dicte, en chuchotant, quelque chose à son téléphone. Envoie ce qu'elle vient de chuchoter. Range son portable à la hâte. Le père et un des enfants reviennent. Elle paie. L'autre enfant surgit en courant. Ils s'en vont.

À la télé, Mad Max : « *I'm gonna blow him away !* »

Je me dis que la Renault Espace, c'est une certaine idée érodée de la famille.

Une voiture utilitaire se range devant la pompe n° 1. Un homme obèse en sort, au téléphone, il entre, prend une canette de Coca Zéro, vient me payer et repart, toujours sur son portable. M'a-t-il seulement vu ?

Rares sont les clients qui me voient ou me parlent. Je suis transparent pour la plupart des gens. Certains se demandent sans doute pourquoi j'existe encore, pourquoi je n'ai pas été remplacé par un automate. Des fois, je me le demande aussi.

Max : « *They say people don't believe in heroes anymore.* »

6

Lieu de consommation anonyme, la station-service est le tremplin de tous les instincts.

Ce que je vends le plus : le Coca Zéro.

Le Coca Zéro. Les chewing-gums. Les chips. Les magazines érotiques ou d'automobiles. Les cartes de France. Les sandwichs. L'alcool. Les barres chocolatées (Mars en tête). Et évidemment l'essence.

Une certaine idée du monde en fait : un monde totalement junkie, dont je serais le principal dealer.

6 *bis*

Je pense à la cocazéroïsation de l'humanité.

7

Combien de barils ai-je vendus depuis mon embauche ?

7 *bis*

Combien de litres y a-t-il dans un baril ? Combien je vends de litres par jour ? Depuis combien de temps je travaille ici ? Disons qu'à raison de 25 litres par client, de 100 clients par jour, en moyenne, depuis 182 jours – vu qu'un baril, c'est 159 litres –, j'ai écoulé au total 455 000 litres, soit exactement 2 861 barils.

8

Je représente le socle de la société moderne. Je suis au sommet de la pyramide de la mobilité en quelque sorte : le rouage essentiel de la mondialisation. (Sans moi, la mondialisation n'est rien.)

Mais mon sommet est fragile. À l'heure du déclin de la production, j'ai parfois l'impression d'appartenir déjà à la préhistoire.

Je me dis que si la station-service explosait par accident, si je mourais sur mon lieu de travail et qu'un archéologue découvrait, dans cent ans, sur les ruines de son chantier, les morceaux de mon squelette d'athlète, mon crâne atypique, ma gourmette en or, à moitié calcinée, agrégée de pétrole et d'acier, il me déclarerait trésor national et je serais exposé au musée des Arts premiers.

Je cherche mon paquet de cigarettes Red Apple.

Cette sensation d'appartenir au passé se renforce. Comme si j'étais un vestige, le dernier dinosaure du monde carbone, la dernière sentinelle d'une époque (pétrochimique) bientôt révolue. Le dernier gardien du phare d'un siècle (le XXe) qui roulait sur l'or : noir.

La fin programmée de l'énergie fossile me mettra au chômage, dans cent cinquante ans exactement.

9

Bien que située en périphérie urbaine, entre un hôtel et un HLM à l'abandon, ma station-service est au centre du monde. Lieu de ravitaillement, de passage, de transit. Début ou fin de route : je suis à la croisée des chemins (à l'orée des possibles ?) que j'observe, la plupart du temps, avec la nonchalance d'un zombie mélancolique. Parfois, avec le sérieux d'un anthropologue hypocondriaque.

Depuis mon poste d'observation, vigie sociétale, je le vois (le monde) passer devant moi, partir ou arriver, excité ou épuisé.

Vortex de trajectoires qu'elle aspire et expulse, trou noir de chemins différents et variés, multiples et indéchiffrables, la station-service est la clef de voûte de la routo-sphère. Sa cheville ouvrière.

9 *bis*

Des fois, moi aussi, j'ai des envies de départ.

10

Mon rêve, c'est d'être muté dans une station-service du Texas. J'ai toujours rêvé de grands espaces.

11

Au Texas, ma station-service serait située aux confins du désert, au milieu de nulle part, pas loin d'El Paso ou de Sugar Land. Je servirais des hamburgers et de la glace pilée à des routiers blasés et à des cow-boys éreintés.

Lassé de l'Uranus Country Store, le shérif viendrait profiter de temps en temps de l'air conditionné au bar de la station. Faire une pause, boire une bière, échapper à sa routine, jouer aux fléchettes, se détendre d'une journée vide de sens et d'événements.

Le soir, au coucher de soleil, 40 °C à l'ombre, j'irais observer, posté à côté du motel EL RAYO DE SOL attenant à la station, le dernier train de marchandises passer à la lisière d'un champ de pipelines rouillés parsemé de carcasses de voitures. Un barbare au Texas.

Épongeant mon front, pestant contre la sécheresse et la chaleur, appliquant une canette de bière congelée Sputnik contre ma joue, je rêverais alors de pluie, d'un autre horizon : travailler dans une station-service de la banlieue de Paris ; quitter cette terre aride, rustique, postindustrielle.

12

Un papi zone au comptoir tandis que je joue aux dames avec mon ami Nietzland, un ex-tennisman professionnel, reconverti dans le coaching. Il vient souvent me voir pour jouer ou me parler de ses exploits sportifs passés, de son ultime match pro au tournoi de Manille qui le hante encore, de ses émois de coach privé, le nouveau métier qu'il exerce dans un quartier huppé de Paris, temple d'adolescentes délurées.

Dehors, il pleut des cordes.

Absorbé par la partie, stressé (c'est comme si je jouais ma vie, là, sur ce damier bancal), j'engloutis machinalement des chips Crazy Craq, essayant de passer en revue tous les coups possibles, d'anticiper toutes les combinaisons inimaginables. Dois-je refaire le coup du cul-de-sac ? Lui préférer la tactique du marquis ?

Chacun de mes coups prend plus d'une minute et mon ami commence à perdre patience.

Bruit de voiture. Claquement de portes. Ronronnement de la pompe n° 3. Puis une enfant déboule sur moi, suivie de sa mère, qui vient payer un plein de sans-plomb et un paquet de crocodiles gélifiés Haribo que sa progéniture est déjà en train de gober.

Finalement, je joue le coup de l'œil-de-bœuf.

Nous zyeutant bizarrement, montrant du doigt le damier, l'enfant demande :

— C'est quoi, maman ?

— Un jeu de dames, rien d'intéressant, ça ressemble au jeu de l'oie, c'est primaire, tu as passé l'âge et puis ça ne vaut pas les échecs.

Nietzland lève la tête :

— Quoi ?

Il la dévisage, interloqué :

— Comment pouvez-vous dire ça ? De telles obscénités ? En plus, à un enfant.

Il se met alors à pérorer sur la supériorité des dames par rapport aux échecs, leurs vertus éducatives, leur nécessité intellectuelle. Il dit : « Les dames, c'est l'école de la vie. » Je pense : « L'école de la chair. » Il dit :

— Savez-vous que Pessoa…

Elle : faisant les grands yeux. Lui : expliquant,

entêté, exalté, que Pessoa vénérait les dames. « Ah, Pessoa… » Soudain, il s'arrête et clame :

— Je ne suis rien. Jamais je ne serai rien. Je ne puis vouloir être rien. Cela dit, je porte en moi tous les rêves du monde.

Après un moment de stupeur, la cliente, dépitée, repart, entraînant sa descendance par la main. Merde. Elle a oublié de payer. Je cours après. Rugissement de la Mini blanc et noir, qui s'en va et se perd dans le trafic.

Je reviens dans la capsule.

Mon ami mâche un crocodile. Il me dit :

— Incroyable cette nana. Non mais pour qui elle se prend avec sa Mini, ses richelieus et ses remarques à deux balles ? Dans ce genre de cas, tu as deux choix, Beauvoire, tu vois. T'indigner, mais, l'indignation, c'est trop facile, c'est le pain de mie du peuple. Ou bien être surréaliste : être surréaliste quand tu sens que le dialogue n'est plus possible.

Moi :

— Tu avais le choix de te taire aussi.

Il hausse les épaules. J'écoute le bruit de la pluie sur le toit de la station-service. J'examine le plateau de dames. Il me semble que certains pions ont changé de place. Je proteste :

— Tu es vraiment un tricheur.

Puis :

— Ce n'est pas Pessoa, c'est Poe qui clamait la supériorité des dames sur les échecs, la « laborieuse futilité du jeu d'échecs ».

Nietzland me regarde avec ses cheveux de caniche, il hausse les épaules.

— C'est pareil.

13

J'aurais aimé être Baudrillard. Être au-dessus de tout. Mais, d'énervement, je renverse le plateau de dames.

14

Carrefour du monde (polarisant, centralisant la société, son condensé : une société de véhicules et d'êtres lobautomobilisés), ma station est pourtant au milieu de nulle part. Coincée entre un périphérique, un hôtel CAMPANILE et un HLM promis à la démolition, en face d'un hangar HORIZON, d'un terrain vague et d'une vieille bicoque abandonnée, elle est tel un vaisseau spatial échoué sur une étrange terre, un étrange territoire peuplé d'étranges créatures.

15

Créature parmi les créatures, mon boss débarque. Businessman dans l'âme, il gère plusieurs stations situées en périphérie de Paris et quelques laveries. Je suis un confetti dans son empire. Il vient de temps à autre pour contrôler les comptes, les commandes, les complaintes. Aujourd'hui, il semble de mauvaise humeur. Peut-être que le cours du pétrole a chuté. Ou que sa femme le fait suer.

Devant moi, brusquement, il se raidit, me jette un regard, noir, comme la suie. Désignant (geste vague et circulaire), accrochées au mur, vingt-six photos de stations-service américaines prises par des artistes et des universitaires (leurs légendes sur des Post-it multicolores), il demande :

— On peut savoir ce que c'est ?

Sa main s'arrête sur une œuvre en particulier, celle de Richard Longstreth : la photo d'une station-service sur la route 66, à McLean, au Texas, prise dans les années 1970, cette inscription peinte en rouge et blanc sur le haut de l'auvent :

BULL HORNS GAS 2 GIFT SHOP

Je m'extasie :

— Ah, oui, vous avez l'œil, c'est la plus belle

photo, une station-service sur la route 66 aux States. Il y a tout dans cette photo, la puissance, la vanité, la poésie, l'éternité, l'appel du désert, l'éphémère beauté du désir…

Il gueule :

— Vous vous croyez au Centre Leclerc ? Enlevez-moi ces trucs.

Je me demande pourquoi le Centre Leclerc. Le mystère de cette référence. À contrecœur, je m'exécute.

16

Alors que je suis en train de décrocher les cadres, en équilibre précaire sur un escabeau, une jeune femme asiatique arrive à vélo et se parque devant la vitrine de la capsule. C'est mon moment de grâce. Mon épiphanie hebdomadaire, extrême-orientale. Cette femme est un mirage. Elle vient probablement d'une autre galaxie. Tous les mardis à la même heure, vers 18 heures, habillée invariablement de talons hauts, de collants (noir ou chair) et d'une jupe à pois (ce qui renforce son innocence et son éclat), elle achète un paquet de chips à l'oignon et repart. Tétanisé, je la regarde pénétrer dans le magasin. Je retiens mon souffle. Tout se contracte, se fige. Le temps. La station. L'espace. Mon cœur.

Qui est-elle ? Qu'est-elle ? Légère ou profonde ? Concrète ou abstraite ? Chinoise ou Coréenne ? Mirage ou miracle ? Veut-elle coucher avec moi ? J'ai envie de tout savoir sur elle.

Je descends de mon piédestal. Elle me paie et repart à vélo sans un mot. Je l'observe pédaler. Prenant la direction de Paris, elle disparaît au tournant de la vieille maison inhabitée, qui jouxte l'échangeur et le hangar HORIZON dont le néon bleu baltique instable illumine la fadeur.

Je sors un instant prendre l'air, humer les effluves de cette apparition, qui se mêlent à l'odeur de l'essence.

17

Pour être pompiste, il faut avoir le permis (80 % des annonces l'exigent) et aimer l'odeur de l'essence (100 % des annonces l'oublient).

Moi, j'aime l'odeur de l'essence, l'indélébile odeur de l'essence, ce parfum entêtant et têtu, collant, qui s'incruste, acide, sucré et amer, partout, en tout.

Il faut aimer la routine aussi. La routine et l'ennui que j'essaie de tromper, attendant les clients, en regardant des films sur la télévision accrochée au mur derrière le comptoir ; des films que je regarde en boucle, quand je ne joue pas aux dames avec Nietzland.

Il faut enfin aimer les non-lieux (les néons et les non-lieux) et les filles qui aiment l'odeur de l'essence. Certaines filles en raffolent, me collent dans les soirées, me sniffent quand je leur dis que je suis pompiste.

Contrairement aux idées reçues, les filles aiment les odeurs fortes.

18

Parfois, je regrette l'époque dorée du super.

19

Parfois, je regrette l'époque dorée du super et je me dis que le sans-plomb est à l'essence ce que le préservatif est au sexe, l'aspartame au sucre : un pis-aller, le symbole de nos sociétés castrées, d'un avenir sans microbes.

20

Ce que ne disent pas les annonces non plus, c'est que pour être pompiste, il faut également pouvoir supporter la novlangue.

Telle l'odeur du diesel, l'infâme odeur du gasoil : la novlangue des nombreuses formations que je dois subir et qui sont autant de séances de torture, d'opérations à cerveau ouvert et sans anesthésie.

Aujourd'hui, c'est une formation sur une nouvelle machine à distribuer et à toaster des sandwichs industriels que le patron a décidé d'installer à côté de la machine à café. Le formateur, un homme enjoué, à l'âme gluante, me montre les fonctionnalités de l'écran tactile, et, dit, fier comme un bar-tabac :

— Avec ça, on va révolutionner le monde du sandwich industriel.

21

Mon annonce pour être pompiste parlait d'engagement, elle commençait comme un rêve :

« *Au-delà de la rémunération et des perspectives d'évolution, les Français cherchant du travail veulent exercer un métier qui a du sens et se sentir utiles dans l'exercice de leur emploi.* »

22

Je me sens utile maintenant, c'est vrai. J'en connais un bout sur la révolution du sandwich industriel.

23

Je regarde un western-spaghetti, *Il était une fois la révolution*, quand Ray Cubemont, un ami qui vit à Malte, m'appelle pour m'annoncer qu'il s'est fait larguer par sa femme, que c'est une salope, mais qu'il l'aime encore. Il me raconte ses malheurs. C'est un monologue. Les malheurs du mâle abandonné.

Dans le film, Miranda, excédée, demande à Sean de « *ne plus jamais lui parler de révolution* ».

J'écoute à moitié mon ami mais je comprends que sa femme, son ex, lassée de ses excès, est partie avec un prof de gym.

Alors que Ray me dit que ça prouve bien qu'elle est fasciste – coucher avec un prof de gym –, et qu'elle a mauvais goût – coucher avec un prof –, le personnage principal, Sean, jette dans la boue le livre qu'il tenait à la main : *The Patriotism.*

Il raccroche. Moi aussi.

24

Un taxi se gare comme un trader, à l'horizontale, devant le seuil de la capsule. Un chauffeur sort, habillé en footballeur : bermuda, claquettes-chaussettes, T-shirt multicolore sur lequel est inscrit KISS THE EARTH. Il entre, va aux toilettes, revient cinq minutes plus tard, un vieux Nokia à l'oreille, engagé dans une conversation agitée, suffoque. S'arrêtant à côté du présentoir Chupa Chups, il gueule :

— Mais merde, c'est pas un Lego, cette meuf !

25

Le taxi s'est envolé. Je suis plongé dans la lecture d'une biographie de F. Scott Fitzgerald – sa vie dissolue – que j'ai trouvée ce matin sur un sofa abandonné, en plein centre de Pantin.

Cinéma bis, littérature et contemplation sont, quand je travaille, mes tue-temps favoris. Sans compter l'analyse des résultats sportifs.

Je m'arrête pour méditer sur une phrase que le biographe souligne comme étant fondamentale, la parabole de son œuvre : « *Show me a hero, and I'll write you a tragedy.* »

Il y a un bruit de mouche. Je lève les yeux. À travers la vitrine, je remarque des jeunes en mobylette et à vélo qui rôdent autour des pompes, tel un banc de requins ou de mouettes avides de poissons. La bande se dissipe quand une voiture arrive.

26

Une femme accompagnée d'une enfant s'extirpe d'un Voyager. Elle rentre pour régler l'essence et acheter une sucette. L'enfant murmure quelque chose dans l'oreille de sa mère tandis que la machine à carte bleue hoquette et zézaie. La femme sourit, l'encourage : « Mais pose-lui la question. Il ne va pas te mordre. » (Je n'en suis pas sûr.) Silence. L'enfant hésite. (Elle non plus n'en est pas sûre.) La femme insiste : « Ben vas-y. » La petite fille se lance : « Monsieur, est-ce que vous savez quelle énergie remplacera le pétrole quand il n'y en aura plus ? »

Je réfléchis deux secondes, je hoche la tête, pensif, et je déclare, prenant l'air solennel et grave de l'expert en catastrophe industrielle :

— L'homme.

26 *bis*

Montre-moi un anti-héros et je t'écrirai une comédie.

27

La femme hausse les sourcils, roule ses yeux gris Renoir, tourne les talons. La fille la suit en disant : « C'est vrai, maman ? C'est vrai ce qu'il a dit le monsieur ? C'est l'homme qui va remplacer le pétrole ? » La mère, excédée : « Mais non, n'importe quoi, c'est les énergies renouvelables. » La fille, de plus en plus inquiète : « L'homme est une énergie renouvelable ? » Je souris. Elles se réfugient dans leur Voyager et repartent vers une autre planète.

Ce trait d'esprit me fait subitement penser à un film, écho de ma prophétie, où l'homme, dans un futur lointain, est devenu, non pas une énergie, mais un aliment: *Soleil vert.* Je décide de le télécharger et de le visionner à nouveau.

28

J'aurais tant aimé être Baudrillard. Courir nu dans les champs.

28 *bis*

Dire: « Tout le monde demande le plein. Mais personne n'a jamais demandé le vide. »

29

Les coudes sur le comptoir, buvant une bière pression, attendant Jean Pol, le collègue qui prend ma relève, je regarde *Soleil vert,* totalement absorbé par ce New York 2022 rétro-futuriste et l'enquête de Thorn, le héros du film. Un client essaie de me héler. Je le fais patienter:

— Deux minutes.

« *People were always lousy, but there was a world, once* », assène Roth, le vieillard aveugle qui vit avec Thorn.

29 *bis*

« Les gens ont toujours été pouilleux, mais il y a eu un monde, autrefois. »

29 *ter*

Peut-être, oui, c'est vrai, ça.

30

Le client, chien en laisse – un spitz, il me semble –, achète un paquet de chewing-gums Hollywood fraise-citron. Son visage me dit quelque chose. Il ressemble à Houellebecq ou à Baudelaire. Je ne sais pas, je ne suis pas très physionomiste. J'hésite à demander un autographe. L'homme tend un chewing-gum au chien : « Voilà, Laïka, tout doux, Laïka. » Le chien, excité, heureux, tourne sur lui-même, saute et gobe le bonbon dans son emballage.

31

Plus tard, pendant que je parcours la Toile à la recherche d'informations sur *Soleil vert* et l'étrange filmographie de son réalisateur, Richard Fleischer (55 films : 54 nanars, 1 chef-d'œuvre), trois filles de la banlieue, que je vois ici périodiquement, sirotent un thé glacé assises sur les tabourets hauts du comptoir en se chamaillant. « Je fais ce que je veux de ma vie, de mon cul et de mon mec, s'énerve une fille. J'ai pas de leçons de morale à recevoir, et surtout pas de toi. » Intrigué, je scrute l'auteure de ces propos. « Ta mère la sainte-nitouche. » Je tourne machinalement la tête. Dehors, des jeunes, qui traînent souvent autour de la station, les attendent sur le parking en fumant des joints. Je songe à les rejoindre. Deux sont assis sur le banc, un autre sur sa moto qu'il fait vrombir. Ils écoutent du rap américain – je crois reconnaître Snoop Dogg. Les filles se mettent à chuchoter en désignant un des types. Puis une des filles hurle : « Mais j't'dis que je sais qu'il est gay ! J'ai couché avec lui. »

32

Je pense : « L'homme est le lapsus de la femme. »

33

Une autre nuance du soir. Il est minuit. Étrangement, la nuit est silencieuse. Le sifflement continu de la circulation a disparu. Sans doute le périphérique est-il fermé pour travaux.

Fumant une cigarette au bord de la route, à côté des banderoles FOR A BETTER ENERGY, derrière moi le HLM, je contemple la maison abandonnée, inhabitée, volets fermés, à côté du hangar, qu'une clôture sépare. Sur ses murs, noirs et délabrés, et sa tourelle : du lierre et des tags. Les mauvaises herbes ont envahi le jardin. Aucune voiture ne s'y est jamais arrêtée. Derrière elle, un terrain vague.

Soudain : un grésillement. Un hoquet. C'est le néon HORIZON qui hoquette.

Sa lente agonie.

34

Je continue de lire la biographie de Fitzgerald, truffée de notes de bas de page.

35

J'ai toujours aimé les notes de bas de page[1].

36

Le lendemain, bravant les consignes de mon boss, préparant une nouvelle exposition clandestine, je scotche au mur des photographies de pétroliers (le *Polaris Voyager*, l'*Olympia Spirit*, le *Globtik*, l'*AbQaid*...) que j'ai imprimées en format A3. Un client, un habitué (c'est un livreur), mange un croque-monsieur au comptoir accompagné d'un demi. Il m'interpelle :

— Vous n'avez pas honte de passer cette merde ?

— Quoi ?

Il répète :

— Cette merde à l'écran.

À la télévision : *2012*, un film catastrophe. J'ai toujours eu un faible pour l'apocalypse, la dystopie, le cinéma bis.

37

D'ailleurs les mots-clefs de mon monde, le terrorisme de son langage anxiogène, son champ

1. Les marges, la réalité augmentée de la page.

sémantique apocalyptique (« mix énergique mondial », « recul des extractions », « baisse des prix du brut », « transition énergétique », « choc pétrolier », « contre-choc pétrolier », « pénurie », « spectre du pic », « déclin des sources de pétrole conventionnel », « marée noire », « plate-forme pétrolière », « déclin de la production »...), bercent la planète et font de moi un messager :

LE MESSAGER DE L'APOCALYPSE,
DU DÉLUGE, À VENIR.

38

Je descends de mon escabeau, un bout de scotch collé à mon doigt, je m'assois à côté du client et lui explique le principe de dissonance culturelle et la nécessité des films de séries B ou Z. « Horreur, porn, apocalypse ou zombie », j'argumente, rajoutant du poivre sur son croque-monsieur et lui tripotant machinalement la cravate, « ce genre est subversif. C'est un peu comme l'avant-garde ». Il dit :

— Non je crois pas. C'est comme ce croque : c'est juste régressif.

38 *bis*

Je réfléchis. Je crois qu'il a raison. Que le croque-monsieur est régressif.

38 *ter*

Mon regard sur le néon vert de l'hôtel CAMPANILE, dont le L clignote étrangement, irrégulièrement, au-dessus d'une pancarte d'un cheval qui se cabre.

39

Plus tard, au cœur de la nuit, un livre posé à côté de moi, je regarde la télévision, les images sans le son (que j'ai coupé à dessein) d'une chaîne d'info en continu.

Dépossédées du son, les images ont une certaine profondeur : une profondeur de fin du monde et d'oracle.

Les scènes diffusées (la visite mouvementée d'un homme politique français dans une usine de congélation de poisson) ne correspondent pas au bandeau déroulant qui défile en boucle au bas de l'écran : « BREAKING NEWS : Un rhinocéros tué d'une balle dans la tête au zoo de Vincennes. » Attentat terroriste, règlement de comptes ou pur vandalisme, aucune hypothèse n'est émise.

40

Deux clients (un homme et une femme), installés au comptoir du bar depuis dix minutes, ne semblent pas émus par cette nouvelle. Zyeutant le téléviseur du coin de l'œil, ils discutent et boivent un café, s'accordant une respiration, une pause avant de reprendre la route, leur trajectoire, qui les mènera à Dunkerque où ils doivent restructurer une usine de fabrication de fours à micro-ondes, d'après ce que j'ai compris. À un moment donné, la femme dit : « *Return on equity.* » Elle répète ce mantra, rêveuse : « *Return on equity.* »

Flotte un instant dans la station : la poésie postmoderne de cet étrange anglicisme.

40 *bis*

« *Return on equity…* », je pense. C'est le jargon de la terreur ou le titre d'un film de science-fiction.

Leur conversation s'anime. Défilant dans le bandeau : « Un rhinocéros abattu à Vincennes : la police est sur les dents. » Les images, à nouveau discordantes, montrent désormais la carte de la France : la météo des plages où les nuages prédominent.

41

J'aurais aimé être Baudrillard et pouvoir dire à mes disciples, les doigts joints : « La télévision ne connaît pas la nuit. Elle est le jour perpétuel. »

42

Je tends l'oreille. Les clients parlent désormais de politique. La femme dit : « Quand il y a un mur, il y a un peuple. »

43

Jean Pol arrive en retard, à son habitude, et ma nuit de travail se termine sur ce mot : « mur ».

Marchant dans les rues mal éclairées de Pantin, fatigué (quelqu'un me propose du crack – je refuse poliment : « Non merci, pas ce soir »), je songe à cette formule : « Quand il y a un mur, il y a un peuple. » Elle me fait remonter à une autre expression, entendue récemment quelque part, qui était restée en moi longtemps. Laquelle ? J'essaie de m'en souvenir. Je pars à la pêche de ce lambeau de phrase, peut-être capté au détour d'un couloir, dans le métro ou dans un bar.

Un SDF m'alpague, me réclame de l'argent pour dormir dans un hôtel. Il lui manque un euro. Distrait, je m'arrête, fouille mes poches, lui donne ce que j'ai, ce que je crois être une pièce. Le SDF continue son chemin et disparaît au coin d'une ruelle.

Je reste immobile devant une pizzeria fermée, dont le nom Speed Rabbit Pizza imprimé en jaune sur fond rouge, à l'image du drapeau chinois, me laisse un instant songeur. À côté, le Pacha Kebab est ouvert. L'alimentation générale également. L'expression (écho de l'autre) me revient soudain : « Quand c'est flou, c'est qu'il y a un loup. » Martine Aubry l'avait proférée au *Courrier picard*, tel un pitbull, convaincue de sa vérité irréfutable, pour critiquer la politique de son propre gouvernement. Quel rapport avec : « Quand il y a un mur, c'est qu'il y a un peuple » ? Je ne vois pas. C'est un écho lointain, structurel. Je reprends ma marche, perplexe. La banlieue dort et brusquement j'ai un doute. Je m'arrête devant une palissade en tôle qui masque un chantier, décorée d'un graffiti NO PAST NO FUTURE. Je fouille mes poches devant cette inscription démodée, pour me rendre compte finalement que j'ai donné au SDF non pas de la monnaie, mais ma clé USB.

44

La vie est faite de contrariétés, insignifiantes à l'échelle de la galaxie, mais toujours renouvelées. Qu'y avait-il dans cette clé ? Qu'ai-je perdu ? En me brossant les dents, me dévisageant dans le miroir, blafard, j'essaie d'éclaircir ce mystère, de me souvenir : des films populaires (*Mad Max 1, 2 et 3, Les Chinois à Paris*...), des films de la Nouvelle Vague téléchargés – non sans scrupules – sur une plate-forme illégale, des films pornographiques japonais, deux trois dossiers administratifs et... mon prochain roman, enfin... mon premier roman. J'arrête de me brosser les dents. Je soupire, désespéré. Je ne l'ai pas sauvegardé ailleurs. La seule version était sur cette clé USB. J'ai tout perdu, quoi. Adieu le best-seller. Dans les dossiers administratifs, il y a mon nom. Mon nom. Les films pornographiques. (Et des photos de moi déguisé en Japonaise.) Je suis fini. On va me faire chanter, c'est sûr. Je me rince la bouche et relève la tête. Le néon clignotant bleu sarcelle de l'hôtel en face de chez moi se reflète en partie dans le miroir :

AMOUR VACHE

45

Un jour, j'irai dormir à l'AMOUR VACHE.

46

Le lendemain, à la station, je suis noyé dans mes pensées. Il est 17 heures et ça fait deux heures que je me demande si je dois passer une annonce dans un journal pour retrouver ma clé USB. Quelle annonce précisément dois-je rédiger, combien de jours doit durer cette annonce, quel genre de journal un SDF peut lire, combien de chances y a-t-il pour que le SDF tombe sur sa publication ?

Servant machinalement les clients, je me dis qu'il ne serait pas assez subtil de penser qu'un SDF lit des quotidiens gratuits ou populaires, et je finis par conclure qu'un SDF ne peut lire que *Libération.*

47

Aimanté par le grésillement noir et blanc des images, je fixe les huit écrans liés aux caméras de vidéosurveillance – intérieures et extérieures – de la station-service.

Un bref instant de neige.

47 *bis*

La poésie de ce bref instant de neige.

48

Après avoir hésité un moment, je décroche le téléphone et j'appelle la régie des petites annonces du quotidien. Pendant que la sonnerie retentit dans le vide, je formule en mon for intérieur le texte que je pourrais publier : « *Pensant vous offrir un peu de monnaie, je vous ai donné par erreur une clé USB qui revêt, pour moi, une valeur sentimentale certaine. C'était à Pantin, près du métro Raymond-Queneau, rue La Pérouse, il était 3 heures du matin, on était le 16 avril, la nuit était à son zénith, je vous l'échange contre une forte récompense : mon livret A.* »

Une voix au bout du fil qui grésille : « *Libération*, j'écoute. » Me disant qu'en laissant mon numéro de portable, tous les détraqués de la terre risquent de m'appeler, je raccroche sans un mot.

49

Quelques secondes passent : je rappelle *Libération* pour déposer mon annonce. Ma sœur me téléphone ensuite. Je lui raconte ma vie, mon travail, les expositions clandestines que j'organise, la perte dramatique de ma clé USB.

50

Lorsque j'ai ma sœur au téléphone, je me rappelle que j'ai une famille – plus précisément un père – et je songe à prendre de ses nouvelles. Il vit en plein cœur des Landes, dans un village au nom improbable. Au bout du combiné, il m'annonce sa séparation d'avec sa compagne, une ex-psy très coincée. (Il a toujours aimé les femmes coincées – c'était son ex-psy peut-être – il ne me l'a jamais confirmé – je me demande si c'est éthique de coucher avec sa psy, si cela faisait partie de sa thérapie.) Pour une fois, mon père est loquace. Il parle sans fin de sa rupture. Je ne sais s'il est désespéré ou soulagé. Ou les deux. Il plaisante : c'est juste la quinzième fois qu'ils se séparent.

— Tu as l'air de bien prendre les choses.

Il acquiesce :

— Oui, je vois le côté positif : la rupture, au moins, ça agrémente le quotidien monotone de mon couple.

51

Je pense au monotone quotidien des couples, à l'automne quotidien des couples, au déchirement comme piment. Mon père me dit qu'il a à faire, qu'il doit couper du bois. Il raccroche.

52

Alors que je regarde à nouveau les écrans de surveillance, méditant sur le couple, son crépuscule, un homme, portant un nœud papillon, un costard et une chemise blanche à rayures, se présente devant moi (c'est curieux, je ne l'ai pas vu arriver via les caméras). Il me demande s'il peut me confier un livre à donner à quelqu'un qui le récupérera plus tard. Je suis surpris par sa requête.

— Un livre ?
— Oui, s'il vous plaît.
Je saisis le bouquin qu'il me tend.
— À quel nom ?
— Pascal.

J'écris « pour Pascal » sur un Post-it jaune que je scotche sur la couverture du livre. Son titre : *La valeur d'usage de D.A.F. de Sade.*

53

Du livre que je feuillette par curiosité, tombe un bout de papier sur lequel est inscrit : 4-5-13-1-9-14. Ma station-service serait-elle la pierre angulaire d'un trafic de messages codés ?

54

Bien plus tard, Jean Pol se pointe, j'ouvre deux bières Pleine Lune et on trinque à la fin de ma journée. Il parle des élections, de politique, de l'utilité de Twitter dans le débat démocratique. Je m'apprête à le moucher (quand on me parle de Twitter, je sors mon revolver), mais un homme, affublé d'un petit chapeau de feutre velu et d'une cape, nous interrompt : il vient récupérer le livre. Est-ce un rêve ? Est-ce Pascal ? Il s'en va. Dois-je le suivre ?

56

Je m'excuse auprès de mon collègue, sors. L'homme a disparu. J'appelle Nietzland pour lui raconter cet épisode.

57

Nerveux, je fume une cigarette en contemplant l'hôtel CAMPANILE à côté de la station, les ombres mouvantes à travers les fenêtres, les murs fissurés, son néon vert qui crépite, le L qui tressaute. Nietzland me rappelle. Il a déchiffré le message crypté. Il dit :

— C'est un code classique. Les chiffres correspondent aux lettres de l'alphabet, ça veut dire : D E M A I N.

58

Demain quoi ?

59

Je reste sans voix. De quel trafic ma station est-elle la plaque tournante ?

60

Le lendemain, intrigué, peut-être même un peu anxieux (Nietzland ne répond plus sur son portable), je suis les informations en continu à la télévision. Rien de particulier ne se produit. Pas de fait divers notable. Ni braquage de banque. Ni kidnapping de ponte. Ni déraillement de train ni grève suspecte. Juste, cette déclaration obscure d'un dirigeant politique : « Un élu, c'est un homme que le doigt de Dieu a coincé contre un mur. »

60 *bis*

Je pense : « Quand il y a un mur, c'est qu'il y a un peuple. »

61

— En période d'incertitude, il faut des valeurs. L'assurance-vie n'est pas une valeur refuge.

Trois hommes au comptoir (deux juniors, un senior) en costard-cravate, des commerciaux vraisemblablement. L'un boit un Perrier, l'autre un Orangina, le troisième un Cacolac rétrograde. Ils discutent d'assurances. Je suis soucieux. L'homme a raison : en période d'incertitude, il faut des valeurs. Il n'y a rien de pire que l'incertitude. L'incertitude, c'est la porte ouverte à l'effroi.

62

Et au trafic de messages codés.
À la perte d'une clé USB.

63

Moment de grâce et d'oubli, mon Asiatique est revenue : elle est devant moi, un paquet de chips à la main, véritable invitation au voyage. Je décide cette fois-ci de l'aborder, de ne pas laisser passer l'occasion, de tenter ma chance, me disant que même si sa beauté est irréelle, ineffable, publicitaire, elle doit sans doute être humaine. Aujourd'hui, elle porte des ballerines dorées et une jupe en jean beige. Elle paie, s'apprête à partir. Il faut absolument la bloquer, engager le contact avant qu'elle ne disparaisse. Je bredouille :

— Est-ce que je… est-ce que vous… vous voulez… une cigarette ?

Je n'ai rien trouvé de plus romantique à offrir qu'une sèche, rien de mieux à dire que cela. Contre toute attente, elle accepte. Je ferme temporairement et mentalement la station-service. On est désormais dehors en face de la baraque inhabitée, à fumer, à croquer ses chips, à nous taire désespérément. Je panique, je me dis que le silence est une verrue. Pour le repousser, le broyer, le neutraliser, tel Don Quichotte (de la com'), je lui parle à un rythme effréné, de mon travail, de mes clients, de mon enfance dans la forêt des Landes. Elle m'explique qu'elle est née à Tokyo, qu'elle a passé son enfance dans une forêt d'immeubles, qu'on est peut-être faits pour s'entendre. Je souris. Le contact passe entre nous, il est légèrement électrique. (L'électricité, c'est l'espoir.) Elle doit partir. On promet de se revoir hors de la station, on échange nos numéros, elle s'éclipse.

Un flash. Le bruit d'un claquement qui dure. Je tourne la tête. Le H et le Z du néon HORIZON viennent de lâcher dans un volcan d'étincelles et s'arrêtent de grésiller pour de bon. On ne distingue plus désormais que, faible et tremblant :

ORI ON.

63 *bis*

Je me dis qu'une pensée est un feu d'artifice figé.

64

Mon ami de Malte, Ray, m'appelle pour vider son sac à nouveau : au sujet de sa femme qui l'a quitté mais qui refuse de divorcer. « Ce qui prouve bien son ambiguïté, mec. Sa lâche ambivalence. »

65

À mi-chemin entre rêve et éveil (j'ai peu dormi hier), je prends mes fonctions. Mon boss m'interpelle. Il est encore d'humeur nébuleuse. Depuis que le cours du pétrole a chuté, il n'est plus le même.

— Où avez-vous appris à écrire ? Dans un poulailler ?

Cette phrase me rappelle quelque chose – fugitif instant de déjà-vu, de déjà-entendu : un rêve qui se répète ? Mais je ne comprends pas :

— Quoi ?

— Le panneau dehors… la notice, que je vous avais demandé de rédiger.

Il me plante une affiche A4 plastifiée devant les yeux concernant l'interdiction de la vente d'alcool après 22 heures.

— Régression de l'ivresse publique ? Vous vous foutez de moi ?

Je réplique :

— Ah, ça doit être le correcteur automatique d'orthographe qui déraille.

66

Le soir, en quête du SDF à qui j'ai donné ma clé USB, je rôde en vain autour de la station de métro Raymond-Queneau. Me revient ce début de poème : « La nuit fait feu et mue le monde. »

67

J'ai renoncé à répondre à mon téléphone qui n'arrête pas de vibrer. Mon annonce dans *Libération* fait fureur.

68

Dans l'alimentation générale, bazar indescriptible de produits divers et exotiques, située près du Pacha Kebab, non loin du métro, j'oublie ce que je recherche.

Des éclats de voix à l'extérieur, soudain, couvrent la musique. Un couple s'engueule dans la rue. J'entends un homme visiblement énervé : « Tu devrais apprendre à te taire. Si tu n'étais pas une femme, je t'aurais déjà fait bouffer tes lunettes. » La voix d'une jeune femme : « Mais c'était de l'amour, toi et elle. » L'homme : « Non, de la solitude. »

Puis les voix se perdent, avalées par la nuit. La musique indienne reprend ses droits.

68 *bis*

Je pense à la violente, à l'intense, volupté de la tragédie.

69

Le lendemain, une Porsche grise s'arrête à côté d'une deux-chevaux bleu passé, pompes n° 1 et n° 3 : il n'y a rien de plus démocratique et républicain qu'une station-service.

70

Je fume une cigarette dehors en face de la baraque inhabitée. Il fait nuit. Il bruine légèrement. Après quelques instants, je remarque un détail étrange. Une lumière est allumée à l'étage.

Les volets d'une fenêtre sont ouverts. Je vois une ombre, une femme peut-être, drapée de blanc – dans un scaphandre ? –, se mouvoir dans une pièce.

70 *bis*

Je suis trop loin et trop myope pour distinguer son visage, je regagne mon habitacle, ma capsule, et décide sur-le-champ d'acheter des jumelles.

71

Je ne suis pas un robot ?

72

Alors qu'à la télé passe le film *L'homme H* d'Ishiro Honda, j'essaie de valider ma commande de jumelles sur le Web et on me demande de cliquer sur : JE NE SUIS PAS UN ROBOT.

73

Comment pourrais-je le savoir ?

74

J'abandonne la commande, n'osant pas retourner vérifier ce qu'il se passe du côté de la maison inhabitée. Pour éviter d'y songer, je lis le résumé du film d'Ishiro Honda sur le Web : « *Des hommes contaminés à la suite d'une explosion atomique se transforment en une substance gélatineuse qu'il faut détruire au lance-flammes.* » Consultant la biographie du réalisateur (maladivement productif, il pondait quatre films par an), je note qu'il a réalisé *Godzilla* en 1954. Et plus intéressant, *Prisonnière des Martiens* en 1957 : un film de science-fiction érotique, une histoire d'invasion de Martiens qui habitent la face cachée de la Lune et viennent sur Terre pour perpétuer leur descendance avec les femmes japonaises. Je continue de regarder *L'homme H*, en pensant à cette lumière, cette trace de vie dans la maison inhabitée. Le film est un mauvais rêve. Cette lueur également.

75

Pour pallier la fin du pétrole (que j'associais étrangement à la fin du feu et dont je suivais avec angoisse les courbes lorsque j'avais dix ans), pour pallier la fin du pétrole et les périodes de glaciation que je pensais à venir (quand j'avais dix ans, j'étais visionnaire : j'associais fin du pétrole et glaciation), je me suis mis à collectionner les boîtes d'allumettes. Au fil des années, j'ai constitué une impressionnante collection de sept mille boîtes d'allumettes, diverses et variées, conservées dans une centaine de coffrets en bois, longtemps cachés dans les combles et les faux murs de la maison des Landes de mon père. À l'orée des années 2000, le réchauffement climatique a mis à mal mes théories, et mes prédictions de glaciation sont tombées à l'eau. La planète n'a jamais été aussi chaude. Dans les années 2010, de nouvelles hypothèses les ont réactivées : le réchauffement de la Terre provoquera la fonte des glaces, qui dériveront alors – dérive qui aura pour première conséquence le refroidissement de l'Europe. Mais c'était trop tard malheureusement, j'avais déjà troqué ma collection de boîtes d'allumettes contre une collection de VHS et DVD de films de séries B dont *L'homme H* était le porte-étendard.

76

Un client (un habitué, un voisin) que j'avais oublié – il mange un cookie en buvant un côtes-de-bordeaux – me dit :

— Ce réalisateur-là, il est soit cinglé, soit devin.

Je réfléchis et lui réponds :

— Ou psychanalyste.

— C'est pareil.

J'arrête le film. Pour nous laver l'esprit de son insoutenable pesanteur, je mets *Lola* de Jacques Demy. Tandis que nous regardons la scène des marins américains dansant avec les filles du cabaret L'Eldorado, un homme en soutane se présente un bidon d'essence à la main. Il explique qu'il est en panne cinq cents mètres plus loin, sur la nationale. Dans la lune, il n'a pas remarqué le voyant de sa jauge s'allumer, il veut remplir son bidon, il n'a ni cash, ni chèque, ni carte. Je charge le client de surveiller la station et remplis le jerrycan. Espérant profiter du trajet pour me confesser, je décide d'accompagner le prêtre jusqu'à son véhicule : une Subaru bleue.

77

J'aurais aimé être Baudrillard et pouvoir lui lancer : « La Subaru est au prêtre ce que les bas résille sont aux nonnes. »

77 *bis*

Je me tais. Il monte dans sa voiture, s'assoit, et juste avant qu'il ne ferme la porte, j'aperçois – le bas de sa soutane soulevé – ce qu'il porte aux pieds : des rangers.

77 *ter*

Alors que je pense à l'étrangeté de cette vision (les rangers et la soutane – un prêtre avec des rangers), il ouvre sa vitre teintée et me donne le nom de sa paroisse à Ivry où je dois envoyer la facture : Notre-Dame-de-l'Espérance.

78

Miracle ou apogée (de ma vie sentimentale) : je suis chez elle. Plus précisément dans la salle de bains où je renifle ses parfums, des vieux flacons (*Guet-Apens*, *Vol de Nuit*, *Voilà* pourquoi j'aimais

Rosine). Elle habite à Télégraphe, elle s'appelle Seiza, c'est ma divine cliente japonaise.

J'admire un instant les détails d'une estampe accrochée au mur, à côté du miroir : *Le rêve de la femme du pêcheur* d'Hokusai, dans laquelle deux pieuvres enlacent une femme. Je sors. Des bruits de casseroles signalent toujours la présence de mon hôte en cuisine. J'ai la tentation de m'aventurer plus loin dans son appartement à la recherche de détails qui pourraient me permettre de comprendre sa personnalité, ce qu'elle aime, ce qu'elle est : extravagante ou introvertie, lectrice ou cinéphile, soie ou dentelle, bas ou collants, podcast ou vinyle ? Cette estampe est encourageante en soi. Signe, peut-être, d'un certain goût pour l'érotisme déviant, que son apparence – de mannequin et de sainte – ne laisse pas transparaître.

Dans le salon, où, renonçant finalement à mon expédition, je vais m'asseoir, c'est plutôt zen. Peu de meubles : une bibliothèque, une table basse, des coussins par terre. Pas de bibelots. La déco est minimaliste. Sur le mur bleu lapis-lazuli, la reproduction d'une peinture hypnotique d'Edward Hopper : *Gas*. Elle représente, dans un crépuscule naissant, située en bord de route, au milieu de nulle part, juste avant une forêt : une station-service où un employé s'affaire sur une des trois pompes rouges. La lumière surnaturelle qui l'enveloppe contraste avec l'obscurité qui drape la forêt. Étrangement, il n'y a pas de voitures. La route (la station ? la forêt ? les pompes ? le pompiste ?) semble les avoir absorbées.

J'essaie de faire le lien entre l'érotisme de l'estampe et la solitude de la station. Comment relier ces deux tableaux ? Comment interpréter leur présence chez Seiza ? Je me dis qu'on peut y voir :

a. un certain goût pour l'art ou la culture – mais pas la contre-culture : ces références sont basiques, ordinaires, signes de la classe moyenne éduquée, quoi ;

b. (plus grisant) un certain goût pour la chair, le mystère, l'effroi.

Je me demande aussi comment lier la reproduction du Hopper et le fait que Seiza fréquente ma station ? Cette question me trouble.

Des revues traînent sur la table basse : un vieux magazine de mode (un *Vogue* de 2001 dont la couverture est une photo des Twin Towers en feu) que je soulève pour découvrir, plus surprenant, le magazine *Auto Plus*, qui vient démolir mon analyse (a. / b.). Par acquit de conscience, dérouté, j'ouvre le tiroir de la table basse, à l'intérieur duquel je remarque d'emblée une culotte en dentelle noire. Deuxième choc après *Auto Plus*. Je le referme aussitôt, comme si je m'étais brûlé. Puis, je le rouvre prudemment du bout des doigts, et, alors que je suis en train de me saisir de la culotte pour l'examiner de plus près (c'est bien de la dentelle, elle ne brûle pas), me demandant ce que peut bien fabriquer de la lingerie dans un tiroir de table basse, Seiza m'appelle. On va passer à table. Pris en flagrant délit, le pourpre me monte aux joues, je ne sais que faire de la culotte, je la range à la hâte dans la poche de mon jean, et, me levant, je hurle « oui, oui ». Les joues écarlates, je la rejoins dans la cuisine et m'assois devant une soupe de nouilles au crabe, du poulpe séché et des chips. Elle dit :

— Ça s'appelle Yashigani soba, c'est une soupe au crabe de cocotier, mais nous serons mieux au salon, prenez les bols et le poulpe.

Elle s'empare d'une bouteille de saké et se dirige vers le living-room. Je la suis. Je pose les bols sur la table basse. Elle sert le saké, boit son verre cul sec, dit : « Excusez-moi », et disparaît sans un mot dans le couloir. J'observe sa longue jupe en cuir noir voleter sur ses jambes gainées de résille. Ce cliché érotique : brisé par les chaussons roses en forme de lapin qu'elle porte. Je ferme le tiroir de la table basse que j'avais laissé ouvert. Une porte claque. Quelques minutes passent. Que trafique-t-elle ? Tout en buvant du saké et en mangeant du poulpe séché, je me rends compte d'un bourdonnement. C'est le bruit régulier de l'eau: elle prend une douche ou un bain!

L'estampe, la reproduction de la station, la dentelle, le magazine auto et la douche à brûle-pourpoint forment un ensemble baroque et singulier qui n'est pas pour me déplaire.

J'en suis à mon troisième verre de saké et à la page 15 d'*Auto Plus* quand elle revient habillée d'un peignoir en soie blanche délicatement non fermé, laissant transparaître l'un de ses mini-seins. Surpris, je lâche le magazine, me lève, pétrifié (électrisé?), et c'est là qu'elle me dit:

— Mais qu'est-ce que vous faites avec ma culotte dans votre poche?

Je baisse la tête. Un bout de lingerie dépasse de la poche avant de mon jean. Ne sachant que répondre, je prends mon smartphone, je bafouille (rouge vif) : « En fait… en fait, je dois y aller. » Prétextant un rendez-vous oublié avec ma mère, j'agite mon portable.

78 *bis*

Sa culotte en dentelle noire: dans ma poche.

79

Un homme déguisé en cow-boy insiste pour que je lui lave son pare-brise. (Il se croit en Cochinchine ?) Je refuse. J'ai autre chose à faire : je suis occupé à ruminer ma fuite inexplicable. Est-ce la vue du sein ? L'effet du saké ? Déçu, le cow-boy repart dans son Opel Astra Cosmo et ses santiags.

79 *bis*

Vers d'autres cieux.

80

Le damier posé entre nous. Nietzland est sidéré :

— Mais pourquoi tu es parti en courant, Beauvoire ? Je te comprends pas. Il suffisait de l'embrasser. Elle te tendait les bras, et toi tu fais quoi : tu fuis ?! Merde. À mon avis, elle est en dépression maintenant. C'est sûr, elle ne voudra plus jamais te revoir.

— Oui, j'ai honte, je sais pas ce qui m'a pris, j'ai paniqué, je crois. Elle est revenue de la salle de bains avec son peignoir à moitié ouvert, presque nue, et là… j'ai horreur des peignoirs, tu sais bien, de la nudité aussi…, et la vérité, pour tout te dire, j'avais sa culotte qui dépassait de ma poche…

— Qu'est-ce que tu faisais avec sa culotte dans la poche ?

— Oh laisse tomber… c'est trop compliqué à…

Un client me commande une bouteille de bière fraîche. Je lui sers une Meteor. Nietzland déplace un pion. Je comprends qu'il s'oriente vers le coup du caméléon.

Il a l'air pensif :

— Tu vois, au Japon, il y en a qui se feraient hara-kiri pour moins que ça.

81

Le propre d'une station-service, la raison même de son existence, outre d'exploser, son destin, pareil à celui d'une banque, c'est d'être braquée. (Son destin est cinématographique.) Je ne vis pas dans cette terreur, ce n'est pas une angoisse, mais plutôt une attente curieuse.

82

Dans les films, la station-service est essentielle : c'est souvent la clef, le pivot du récit.

Apparaissant dans les premières scènes (*Tchao Pantin, Bagdad Café, Paris, Texas, Le plein de super…*), la station-service signe le début de l'aventure, des possibles, lance le début de l'histoire. Elle est l'aurore du récit. Son odeur, son cœur, son décor. Au commencement était la station-service.

82 *bis*

Elle est également associée aux road-movies, aux thrillers. Passage obligé des gangsters, des fuyards. Point de ralliement ou de croisement des marginaux. Elle est le carrefour d'une marge qu'elle encense, le carrefour d'un monde interlope en cavale.

83

Pourquoi suis-je parti en courant de chez mon exquise Japonaise ?

Tandis que je me pose en boucle cette question en essayant de suivre *L'écho du vent en moi*, un film coréen qu'un client chinois m'a échangé contre un demi-plein gratuit, une voiture de police se gare près des bouteilles ANTARGAZ.

Les policiers sortent de leur véhicule, viennent se désaltérer au comptoir, commandant sagement de l'eau pétillante, Badoit. Ils me demandent : « Rien à signaler ? » J'hésite à leur parler des messages codés cachés dans les livres, de la maison inhabitée qui s'éclaire de temps en temps, de la perte de ma clé USB, de ma fuite inexpliquée. Je pense à la badoi-isation de la police. Je réplique, en articulant chaque lettre : « N O N, R A S. » Ils repartent et me reluquent d'un air bizarre tout en parlant à leur talkie-walkie, comme si j'étais un extraterrestre.

84

Ray m'appelle sur la ligne directe de la station. En transit entre désespoir et espoir, je crains qu'il ne me parle encore de son épouse envolée. Mais non, il me narre une histoire étrange.

Le 8 mai, il croise une femme dans une ruelle de La Valette. Ils se fixent, s'arrêtent simultanément, se parlent, tombent sous le charme l'un de l'autre, échangent leurs numéros. Elle a vingt-huit ans. Elle est israélienne. Elle est arrivée à Malte il y a trois semaines. Il en a cinquante-huit. Il est français. Ils promettent de se revoir et se séparent.

Le lendemain, mon ami a rendez-vous avec elle. Ils se voient dans un restaurant italien, et, entre deux carpaccios, s'embrassent, se parlent. Il essaie de savoir ce qu'elle fabrique à Malte. Elle vend des cosmétiques dans une rue commerçante de La Valette mais se dit photographe. C'est confus. Ils se séparent sans coucher ensemble. Ce qui n'empêche pas mon ami d'être en lévitation totale, aveuglé par son sex-appeal.

Le surlendemain (hier), Ray revoit son Israélienne. Ils boivent un verre ensemble dans un quartier branché de La Valette, à Sliema, au bar In the loop. Il lui demande pourquoi elle est venue à Malte. Elle ne répond pas vraiment, c'est flou ou mon ami est trop ivre pour comprendre, trop aveugle pour entendre. Ils s'embrassent fougueusement. Il est 22 h 30 quand elle lui dit brusquement : « J'ai rendez-vous avec mon patron, il faut que j'y aille. » Ils se quittent, sans avoir fait l'amour. Le désir est à son paroxysme.

Aujourd'hui, début de matinée, Ray reçoit un SMS de l'Israélienne. Il espérait le meilleur. C'est le pire qui se produit. Elle lui dit qu'elle a été arrêtée par la police. Il veut en savoir plus, l'inonde de messages. En milieu de journée, après des heures d'attente, nouveau SMS de sa dulcinée qui lui explique qu'elle est expulsée de Malte, que la police est en train de l'accompagner à l'aéroport. Elle implore son aide : il doit avertir l'ambassade de France. C'est une demande baroque.

Ray explique :

— Peut-être qu'elle a vu en moi un sugar daddy, une issue de secours. Dans le meilleur des cas, son patron l'a menacée, « si tu ne couches pas avec bibi, j'appelle les flics et je dis que t'as pas de papiers, pas de visa », elle a refusé et il les a appelés. Ça se passe comme ça à Malte, nom de Dieu, Beauvoire. C'est une île de vieux mafieux qui attire des filles du monde entier qui rêvent, ces connes, d'un job rémunérateur au soleil. Elles débarquent ici dans un déséquilibre mental acceptable. Je dis bien « acceptable ». Et au final, elles deviennent quoi ? Des esclaves. Payées quatre euros de l'heure et obligées de coucher pour joindre les deux bouts ou ne pas être expulsées.

Je le coupe :

— Ton histoire ressemble à un roman de gare, genre *SAS*. Tu vois, dans *L'ordre règne à Santiago*...

Il dit :

— C'est pas un roman, mec. Je l'ai vraiment sentie perdue, la fille. Elle parlait beaucoup

d'argent. C'est ce que j'appelle, moi, « *a lost soul of globalization* ». Bon faut que j'y aille.
Il raccroche.

85

Je réfléchis à l'histoire de mon ami. Cette idée me reste un instant : Malte comme le carrefour des âmes errantes de la mondialisation, trouble passerelle entre deux continents. Cela me laisse songeur.

86

Je lui envoie un message pour le taquiner :

P t être ke ttes les filles ki
t embrassent sont condamnées
à être expulsées du
territoire maltais.

87

Début de soirée. Ray me rappelle (ma journée est suspendue à son histoire – au magma de son récit). Il a finalement reçu un message de son Israélienne. Elle est désormais à Tel-Aviv, de retour chez ses parents. Il connaît le fin mot de l'histoire, elle lui a expliqué que c'est la femme de son patron, qui, jalouse, l'a dénoncée à la police pour travail illégal, mettant en plus de la drogue dans sa valise. Du coup, elle a été expulsée sur-le-champ.

Je le chahute :

— Elle te raconte n'importe quoi. Peut-être qu'elle voulait te piéger, te faire croire à la possibilité d'un amour sans âge, ni frontière, pour te kidnapper et te prostituer, dans les rues de La Valette ou de Mogadiscio. La police l'a arrêtée à temps.

Il dit :

— Ne m'excite pas.

88

Le carrefour des âmes errantes.

88 *bis*

Ma station est-elle, comme cet archipel perdu, le carrefour des âmes errantes ?

89

Fin de soirée. Un véhicule est arrêté à l'entrée de la station, phares et moteur allumés. Ses *warnings* m'hypnotisent. Brusquement, j'ai une sueur froide, je songe à ma clé USB volatilisée, ce qu'elle est devenue. Je me résigne à écouter mon répondeur laissé en déshérence.

Sans compter ceux de Nietzland (qui m'ordonne de lire le Bondy Blog ou de répondre à mon téléphone), une vingtaine de messages m'attendent.

Onze personnes affirment avoir retrouvé l'objet de mon délire, réclament une rançon allant de 10 € à 755 €. Cinq individus se moquent de mon annonce, de la récompense. Quatre me questionnent sur mon genre. Trois raccrochent sans parler, je peux simplement entendre : le bruit d'une respiration sourde et celui d'un train ou d'un tramway au bord de la mer.

90

Il est 23 heures, la station est déserte. Je parcours maintenant un journal. J'apprends que, la veille, une femme s'est immolée dans une station-service à La Rochelle. Derrière ma caisse, je relis l'article, sans trouver plus de détails.

90 *bis*

Pourquoi cette femme s'est-elle immolée dans une station-service ? Pourquoi se suicider en s'immolant ? Par amour ? (Elle aimait le pompiste ?) Par dépit ? De rage ? Pour protester ? Mais contre quoi ? Personne ne peut expliquer son geste. Personne ne cherche à l'expliquer d'ailleurs. À peine un jour après, le monde est passé à autre chose.

Peut-on s'immoler par amour ?

90 *ter*

Mon père que j'appelle ne prend pas ma question au sérieux. « Je ne sais pas si on peut s'immoler par amour, dit-il, mais en tout cas, on peut simuler par amour. » Il répète « simuler par amour », il rigole, fier de sa blague landaise, et raccroche.

91

Cette information, tel un ruisseau qui s'assèche dans le désert, ne fait plus l'objet, le lendemain, que d'un entrefilet.

Le titre : « *Elle s'immole à La Rochelle.* »

Le texte : « *Sortant de boîte de nuit à 3 heures du matin, une jeune femme de dix-huit ans s'est rendue en voiture à la station-service Esso du quartier de Mireuil à La Rochelle, a pris de l'essence, payé avec sa carte bleue, est retournée dans sa voiture, a posé son téléphone devant elle pour se filmer en direct sur Facebook et s'est aspergée d'essence.* »

J'épluche la presse. Selon un magistrat, un différend amoureux serait à l'origine de ce drame. Un différend amoureux dans une boîte de nuit ? Comment est-ce possible ?

92

Boucquingam Club, Le Paradise, Le Triolet, Le White Rabbit, La Terrasse du Temple, L'Harmattan, L'Oxford Club, Autour de minuit… : il y a peu de boîtes de nuit à La Rochelle. Ma googueulisation le confirme.

Dans laquelle était-elle, cette femme qui allait s'embraser ? À La Fureur de vivre ? Au Blackout ? Ou au Papagayo, sur la plage de la Concurrence ?

93

Un taxi, après avoir fait le plein, me commande un Ricard. Je le sers. Il veut parler. Il a besoin d'évacuer sa journée je suppose, de se vider. Pour lui, parler c'est comme pisser.

— Avant, j'étais manager d'une boîte de nuit. J'ai fait faillite. Et je suis devenu chauffeur de taxi. Et maintenant je suis heureux. Je suis moins stressé. Je n'ai plus besoin de Viagra.

94

Je me dis qu'il n'y a pas de hasard, que le monde est petit. Je lui demande si c'était une boîte de nuit à La Rochelle. Il s'étonne :

— Comment vous le savez ?

Ce n'est pas que le monde est petit, c'est qu'il est lié.

95

Je lui explique :

— J'ai un don d'ubiquité. Des fois, je m'effraie.

Il me dévisage d'un œil inquiet et boit cul sec son anis.

96

Assis sur un banc extérieur, en face de la pompe n° 5, je mange un sandwich au camembert (avec cette impression de déguster la vérité, la vérité fondante dans ma bouche). Je lis, dans les pages littéraires du *Figaro*, une interview de Sollers.

Il dit : « Moi, je dialogue avec le réel. »

Je pense : « Moi aussi, mais c'est un dialogue de sourds. »

97

Pas de nouvelles de ma troublante Japonaise, Seiza. Des clients vides d'essence, des mots sans visage, se succèdent. Le pain quotidien de ma journée.

J'étudie attentivement à l'écran un match de tennis qui se déroule au Mexique entre un joueur jamaïcain qui porte des tresses – des dreadlocks – et un Black américain aux cheveux frisés. Dustin Brown versus Donald Young. Le commentateur (raciste sans le savoir) commente : « Il y a de l'exotisme sur ce court. »

98

En parlant d'exotisme, ma sœur arrive, accompagnée de son nouveau mec (elle en change comme de chemise) : un comptable qui se croit sorti de la cuisse de Jupiter. Elle est artiste, photographe. Lui, c'est un ayatollah des chiffres. Un monde les sépare. Mais le corps les rassemble.

Quand je lui ai avoué que j'organisais des expositions clandestines dans la station, ma sœur a sauté sur l'occasion pour m'imposer ses œuvres : des photos de hangars abandonnés. Elle a toujours eu un goût pour le désaffecté. L'an dernier, elle a organisé un colloque intitulé « Poétique de la ruine ».

Alors qu'elle ajuste la hauteur des cimaises, le niveau de ses cadres, le commentateur télé, désabusé, commente : « Les mouches ont changé d'âne. »

En parlant de mouche, le mec de ma sœur me colle. Il disserte sur le benzène, les risques que j'encours, la pollution qui m'entoure.

Évitant son visage, son nez démesuré, les yeux fixés sur le téléviseur, nerveux, je lui demande :

— Tu vis avec ma sœur ?

Il me répond :

— Non, moi je vis dans le seizième arrondissement où il y a beaucoup de gynécologues.

99

Ma sœur me sauve. Nous interrompant, elle me montre sur son portable le travail d'une photographe qu'elle adore. Je ne retiens pas le nom. Seulement ses images : des hommes en costume, debout, sérieux, à côté de femmes nues, chaussées d'escarpins, faisant le poirier à l'intérieur et à l'extérieur de buildings vitrés.

Puis, elle cale une date pour le vernissage de son expo ici même : dans une semaine.

100

J'essuie d'un revers de manche, dégoûté, ma joue sur laquelle, pour me saluer, le petit ami de ma sœur a cru bon de m'embrasser, ou plutôt, me baver dessus – il doit être normand :

— Je serais ravi de faire plus ample connaissance avec toi, on organisera un barbecue un de ces dimanches à la maison.

Je les regarde partir, incrédule. Le barbecue du dimanche : quoi de plus effrayant ?

Ils montent dans leur Mitsubishi Eclipse noire.

Étrange couple, incomplet, bancal, à l'image d'une table de bar. Mais c'est sans doute le propre du couple : d'être incomplet et bancal.

100 *bis*

Contrairement au couple, ce que vend ma station, ce qu'elle vante (virilement), ce n'est pas le bancal, mais la stabilité, la certitude, une assurance : celle de la fluidité.

Le salut de l'être dans le flux. (Dans le fluide.)

101

Je textote à ma sœur :

Keske tu lui trouves à cet alien ?

Un premier SMS, une claque, suivie d'une salve :

Ton mec est malade :
il m a fait la bise !

Pire, il m a dit : Je vis
ds le 16ème où y a
beaucoup de gynéco.

!???!

Merde mé pourkoi il me parle
de gynéco ? C un psykopathe ?

Je vé faire d cauchemars maintenant !

C la 1ère fois k on s voit
et y me sort le mot gynéco :
il est fou ?

Fuis.

Ligote le et appelle la police.
Ou la SPA.

Le plus flippant ds tout ça :
c est k il ve faire plus ample
konaissance avec moi.

À la TV, le match de tennis s'éternise, le commentateur, épuisé, commente : « C'est un bras de fer dans un sauna. »

Ma sœur riposte :

Ce que j'aime avec lui, c'est le cul.

Puis :

Cet alien, c'est un plan cul.

Je sais qu'elle écrit ces SMS pour me choquer, me titiller. Elle me croit prude, pudique. Je rétorque :

1 plan Q-de-sac, tu ve dire.

J'admire une de ses photos accrochées au mur. Un hangar à Bagnolet. Mon portable vibre. C'est elle :

On compte sur toi pour le barbecue.

102

J'appelle mon père. Je commence à me plaindre de ma sœur, qui sort avec n'importe qui. Il me coupe :

— Je suis au lit avec mon ex, je te laisse.

103

Tout le monde est adepte du n'importe quoi. Je suis vraisemblablement le seul être, le seul élément, consistant de cette planète.

Je reçois un message de mon ami Ray qui m'explique qu'il envisage « sérieusement » de s'installer en Israël pour rejoindre son amoureuse. (Quand quelqu'un prononce le mot « sérieusement », il faut commencer à douter de tout ce qu'il dit.)

104

Un taxi se gare à l'entrée de la station, près de l'appareil à gonfler les pneus, sur lequel est marqué AIR. Le chauffeur incline son siège, renfonce sa casquette et se met à dormir. Hamac, héliport, somnifère, la station est l'asile des chauffeurs de taxi, leur résidence secondaire.

Je continue de jouer aux dames sur l'ordinateur. Mon adversaire virtuel me malmène. Deux cadres boivent un demi en mangeant des œufs durs. L'un dit :

— Je trouve le quotidien salace.

104 *bis*

Salace ou fané, mon quotidien me démange, m'irrite : je suis toujours sans nouvelles de ma Japonaise. Je suis happé par cette absence.

Je mets brutalement fin à la partie. Et sur les conseils insistants de Nietzland qui me vantait le paradis, je m'inscris sur un site de rencontres virtuelles, Tinder. Je choisis un surnom : Mao Mao. Ma photo de profil.

105

Jour de départ en vacances. La station-service est prise d'assaut, bondée telle une prison à Ciudad Juárez. Je compte, à la louche, une cinquantaine de clients, dont une dizaine d'enfants, qui ont envahi le comptoir, réclamant à cor et à cri de la limonade et du lait bio. Je ne sais plus où donner de la tête. J'avais perdu l'habitude d'être occupé.

Un punk débarque et, prenant la station-service pour une rame de métro, gueule :

— Mesdames et messieurs. J'm'appelle Jésus, j'suis SDF, la mendicité m'navre, mais j'ai pas le choix…

Un silence sidéral se fait.

— … j'vous demande rien qu'un euro, un bout de pain, un ticket d'resto ou un peu d'empathie, d'quoi m'payer une nuit d'hôtel. J'suis polonais, j'étais tourneur-fraiseur, j'suis à la rue depuis qu'ma femme m'a frappé.

Les clients reprennent le cours de leurs conversations, de leurs achats, de leurs trajets. Seul un enfant l'écoute, avec moi.

— La rue, c'est la jungle. Moi j'suis pas fait pour cette guerre-là. J'sais qu'on vous sollicite beaucoup votre égoïsme. J'suis pas le seul, ni le dernier, ni le premier, j'en suis pas fier, mais…

Il s'arrête brusquement, baisse les yeux, puis, comme si c'était l'argument fatal, décisif, dit :

— En plus, j'suis poursuivi par les communistes.

L'enfant qui l'écoutait, effrayé par cette idée, lui donne son verre de lait, que le SDF avale d'un trait avant de repartir.

106

Je me dis que je l'ai déjà vu quelque part, ce punk, que sa tête me dit quelque chose. Ou plutôt ses pieds : il porte des rangers.

107

Mes jumelles à la main (je me suis finalement décidé à les acheter), posté sur le toit de la station, je contemple, tel un capitaine sur son navire, fier, mon horizon : la maison inhabitée, le hangar, les piliers tagués du périphérique, le terrain vague. Un volet de la maison est à nouveau ouvert et je vois, à travers la fenêtre, sur la table de ce qui semble être un bureau, un objet cylindrique, éclairé par un fin rayon de soleil. Je règle l'objectif, grossis la vue et me rends compte que, sur cette table, sont posées, à côté d'un plan et d'un globe céleste, des… jumelles.

De stupeur, j'en lâche les miennes, qui tombent à terre.

108

Nietzland ne croit pas qu'on m'observe. Il pense que je délire, que je devrais prendre des vacances, que je suis surmené.

109

« En station-service aussi, il faut réenchanter l'acte d'achat. Le secret, désormais, c'est d'optimiser l'expérience client. » C'est mon boss qui m'a convoqué pour m'asséner ça. Je ne sais pas quelle mouche l'a piqué. Celle de la rentabilité peut-être. (Ou bien il croit en moi.)

110

Un camion-citerne arrive, se gare. Le chauffeur sort de l'habitacle, tire le tuyau, le fixe au sol pour déverser l'essence, comme un nectar, dans la cuve souterraine.

110 *bis*

J'observe, à travers les stores, les pompes, le camion-citerne, mon royaume. Je me dis que l'essence est le nectar d'une amnésie. Que ce qui coule dans les tuyaux, c'est d'abord un mythe : celui de la profusion.

110 *ter*

L'expérience, l'expérience client, que propose la station, c'est celle de l'amnésie. L'amnésie de l'acte d'achat. « Il faut créer un *chatbot* décrète mon boss, il faut humaniser la relation client. »

Je me demande, inquiet, sous l'emprise de quelle drogue il est.

111

Au milieu du jardin de ma sœur, à Joinville-le-Pont, planté devant un grand saladier rouge vermillon rempli de sangria posé sur une table, j'examine, circonspect, des bouts d'oranges flotter puis les convives – une faune hétérogène.

Nietzland, qui m'accompagne, me dit :

— Je reviens. Je vais essayer de trouver un truc valable à boire.

Au barbecue, le comptable est à la manœuvre. Il cuit du lard et des merguez, entouré de femmes, sans doute par l'odeur (de la viande grillée) alléchées.

Une pastèque à la main (je voulais l'offrir à ma sœur mais je ne la trouve pas), je slalome entre les invités, bravant la fumée du barbecue, finissant par m'asseoir, déjà éreinté d'être ici, sur le perron. Que suis-je venu faire là ? Le comptable, qui vient de me repérer, agite son bras – il semble m'inviter à venir le rejoindre. Je fais mine de ne pas le voir. Nietzland a disparu. Une femme s'assoit à côté de moi. Elle me dit en mangeant un sandwich à la ventrèche :

— Vous me rappelez un film avec votre pastèque. *La saveur de la pastèque.* Vous connaissez ? Un film taïwanais.

— Ah oui ? je ronronne, en lorgnant le bout de gras qui pend de son pain. Et ça parle de… ?

— De cul. De sécheresse et de cul. C'est l'été à Taïwan et le désir suinte de partout.

Je la dévisage intrigué. Blonde, espiègle, genre lesbienne émancipée. Je lui balance :

— Vous, vous êtes une amie de ma sœur. Je ne savais pas qu'elle était lesbienne.

— Vous êtes son frère ?

Puis :

— Comment ça, lesbienne ?

Un homme, en train de s'installer sur une des marches à côté de nous, une merguez à la main – il m'a entendu – m'interpelle :

— Tu es le frère d'Elsa ? Tu fais quoi dans la vie, toi ?

Un autre homme et une femme africaine se plantent devant nous, buvant un cocktail bleu fluo et semblant attendre eux aussi ma réponse. Ils ont entendu la question de loin. Dans leurs verres triangulaires, mon reflet désemparé. Nombril éphémère et improbable du monde, je prends une bouffée d'air, respire et déclare :

— Je ne fais rien de… enfin, si, je suis pompiste.

— Ah oui et tu fais quelles études ?

— Quelles études ? je répète, déconcerté.

— Ben, je suppose que c'est un job alimentaire.

— Oui, bien sûr… un job alimentaire… je fais des études de droit canin.

Et je me lève, la pastèque à la main, pour aller dans la maison. Au salon : une foule de gens divers et cravatés qui discutent debout, assis ou avachis.

Je me réfugie dans la cuisine où une fille en marcel dessine, sur le mur, des croquis de femmes en bikini, allongées sur des transats, un fume-cigarillo à la main, au-dessus d'un tag : TA SENSUALITÉ N'ÉTAIT QUE SANGSUE ALITÉE.

111 *bis*

« Ta sensualité n'était que sangsue alitée. » J'ai déjà lu cela quelque part. Dans un livre, oui. Est-ce que tout se répète sans fin ?

112

Une Jeep tirant un mini mobil-home, couvert de stickers multicolores, s'est garée au fond de la station cet après-midi, devant la borne de gonflage. Un homme a jailli de la voiture pour rentrer dans son habitation mobile et ne plus en sortir.

113

Métro République, au croisement de trois couloirs, un manchot fait la manche. En face, des Africains jouent du djembé et du balafon. À leur droite, une famille syrienne fait la manche également. À qui donner ? Je m'arrête pour écouter la musique. Le manchot hoche la tête en rythme lui aussi, sourit, se lève, et donne, de son bras valide, de l'argent aux Africains.

113 *bis*

J'ai rendez-vous à Opéra sur les marches du palais Garnier avec une Hongkongaise, en route vers un rendez-vous Tinder, le site de rencontres en ligne encensé par Nietzland. Elle est de passage à Paris pour une semaine, m'avait-elle écrit. La photographie de son profil était floue mais laissait espérer une jeune femme svelte et charmante. Je suis nerveux. C'est une première pour moi. Sortant du métro sous un parapluie, je reçois un message : elle m'attend en face des Galeries Lafayette, derrière le Palais. J'y vais. La pluie redouble. Au croisement de la rue Scribe et de la rue Gluck, de loin, j'aperçois une fille qui fait le pied de grue, me tournant le dos, sous un parapluie transparent, un portable à la main. C'est vraisemblablement ma Hongkongaise. Je m'approche, je suis assez près maintenant pour voir qu'elle envoie un message. Mon portable vibre. C'est elle. Je suis maintenant à ses côtés, je l'observe de biais et c'est bien ce que je craignais : elle porte des tongs, est légèrement enrobée, a un visage étrange et des jambes disgracieuses. Je suis à deux doigts de lui gratter l'épaule pour signaler ma présence, je continue d'avancer la main lentement, puis brusquement je me ravise, tourne les talons et décampe, en m'enfonçant sous le parapluie.

Peut-être qu'elle a senti mon souffle, qu'elle s'est retournée, qu'elle me regarde partir maintenant, qu'elle m'envoie des messages affolés. J'accélère, je cours même, je crois, et je me retrouve, je ne sais comment, rue de Beaujolais. Je m'arrête dans un bar, L'Entracte, où le patron qui semble éméché me sert d'office une bière. Je culpabilise un peu de ne pas avoir honte d'avoir fui. Ce n'est pas possible, elle a dû mettre la photo de profil d'une amie, cela ne peut pas être elle ou alors dans une autre vie. Peut-être que, sur Tinder, tout le monde triche, travestit sa réalité, son identité, son apparence. Loin du paradis attendu, Tinder serait un supermarché pour les déclassés. Le royaume d'une réalité truquée. Je n'ose consulter mon portable. Elle a dû m'envoyer dix mille messages. Finalement, je désinstalle l'application Tinder de mon téléphone, bois la bière cul sec et repars en métro vers la station-service, mon refuge, ma caverne.

114

Deux femmes qui viennent de faire le plein prennent un café au comptoir. Elles parlent chirurgie esthétique. L'une dit :

— Il s'est fait recoller les oreilles.

— Et le cerveau ? demande l'autre, en souriant.

114 *bis*

J'ai la désagréable impression qu'elles parlent de moi.

114 *ter*

Dehors sur le toit du mobil-home, un drapeau est hissé, flotte au vent. C'est celui des Nations unies. S'agit-il d'un putsch ? D'un forcené qui veut me déloger ? D'un simple hipster ?

115

Un motard débarque avec un passager arrière. Il stationne sa moto, une Aprilia Pegaso, à la pompe n° 1. Tandis que le conducteur s'occupe de faire le plein, le passager arrière, casque vissé sur la tête, visière non relevée, descend pour rejoindre la capsule. Je remarque une sorte de sabre accroché derrière son dos, harnaché à son blouson. Il passe les portes automatiques, se dirige directement vers le rayon chips. Comme s'il connaissait les lieux du crime. Rêve ou cauchemar. Je flippe, prêt à appuyer sur le bouton d'alerte qui me relie à la centrale de sécurité. Le passager arrière s'empare d'un paquet de chips au pesto, paie. Je fixe sa main, le billet qu'il me tend, la manche du blouson où luit la marque NEPTUNE GORETEX, puis son visage casqué. Il relève sa visière. J'en laisse tomber mon cappuccino et m'exclame :

— Seiza !

La visière relevée dévoile le visage de ma Japonaise. Je balbutie :

— Mais qu'est-ce que… qu'est-ce que tu fais…

Je pense « avec ce con de motard ». Je me reprends :

— Qu'est-ce que tu fais… avec un sabre ?

— Je vais à mon cours d'hojōjutsu.

Je suppose que c'est un art martial. Je lui rends sa monnaie. J'ânonne :

— Hojōjutsu ?

Le motard a fini de mettre le carburant, il raccroche le pistolet. Je prends une inspiration :

— Je suis vraiment désolé pour la dernière fois, je… bon… comment me faire pardonner ?

Elle réfléchit, puis me sourit :

— Viens à mon cours d'hojōjutsu.

Intimidé, je bégaie :

— Oui, d'accord, d'ac… OK, enfin, pas ce soir, mais oui.

— OK. Rappelle-moi, je te dirai où c'est et quand c'est.

Le motard marche vers la porte automatique, casque à la main. Barbe de trois jours, tatouage de dragon sur le cou, c'est un Asiatique blond et baraqué : cliché de la brute épaisse. Je me demande, dérouté, ce qu'elle fait avec lui. Elle aime les brutes épaisses et décolorées ? Les décervelés l'excitent ? Il me paie en cash son plein. Est-ce son amant ? Est-ce ça dont elle rêve ? Est-ce « ça » qui la met en transe ?

Ils partent dans la nuit noire que le néon HORIZON éclaire par intermittence.

116

« *L'hojōjutsu ou nawajutsu est un art martial traditionnel japonais qui consiste à ligoter un individu à l'aide de cordes, se transformant alors en armes et moyens de rétention. Répandu au cours du* XVe *siècle au Japon, il était un élément fondamental dans la formation des policiers. Depuis, cet art raffiné s'est érotisé. Pour Mistress Bento, artiste de la corde, citée dans l'ouvrage* L'imaginaire érotique au Japon *: "La corde au Japon est un symbole fort, synonyme d'anéantissement total et jouissif de l'individu." Il existe 133 techniques pour attacher quelqu'un.* »

Effaré, sidéré, émoustillé, jaloux (je ne sais plus), je vérifie sur la Toile la définition de l'hojōjutsu, tout en m'interrogeant sur Seiza, ce que cela dit d'elle. Un visage d'ange, des mœurs de sauvage ? Cette Japonaise est une poupée russe dotée d'une personnalité à tiroirs multiples. Continuant mes recherches, je tombe sur la référence d'un livre, *The Art of Tying Your Enemy*, que je commande machinalement. Je me demande comment je peux poliment décliner son invitation, sans la froisser à nouveau.

117

Je rentre encore dans une autre dimension. Un homme (est-ce le même mais déguisé différemment ?) me confie un roman à donner à quelqu'un qui passera le prendre. Je retiens ma respiration et j'attends qu'il parte pour secouer l'ouvrage. Pas de papier qui tombe cette fois-ci. Intrigué, je le feuillette, je remarque deux pages cornées. Sur ces deux pages : trois mots soulignés qui forment une phrase, si on les rassemble.

Page 33 : « échec », « et ».
Page 88 : « mat ».

118

Il y a 6 sens, 7 merveilles, 4 saisons, 7 jours, 12 travaux, 8 planètes dans le système solaire, 5 dimensions, et dans la cinquième dimension, 1 seule station-service qui attire ce genre d'histoires. La mienne.

119

J'appelle Nietzland. Il m'incite à suivre la personne qui viendra prendre le livre, me demande quel est son titre. Dans la précipitation, ma sidération, j'ai complètement oublié de vérifier la couverture. Il aurait fallu commencer par là. Je le fais, je blêmis, lâche un râle de biche écorchée, et murmure, comme si c'était la fin du monde :

— C'est un San-Antonio.

Il n'a pas l'air affecté :

— Ah oui lequel ?

Je gémis, à deux doigts de m'évanouir, plus blême encore :

— *J'ai bien l'honneur de vous buter.*

120

Silence au bout du fil. Effroi dans la station. Ce message m'est-il destiné ? Voix grésillante de Nietzland :

— Mmm... je les ai tous lus, tu vois, mais celui-là ne me dit que dalle... mmm, attends, ah si, c'est l'histoire d'un pianiste, Arthur Rimbol, un truc de ce genre, qui se rend à l'agence de San-Antonio pour le supplier de retrouver la trace d'une femme dont il ne possède que la photo, qu'il a trouvée dans un atlas géographique. Le musicien se plaint aussi d'être surveillé. San-Antonio le fait suivre. Mais le mec qui le file perd sa trace, et le pianiste est retrouvé mort à son domicile peu après. Ah non, merde, attends, celui-là, c'est *Vol au-dessus d'un lit de cocu.*

121

Attaché, le visage sur le tatami, je me demande pourquoi j'ai consenti à venir. Pourquoi n'ai-je pas su refuser ? Pourquoi ai-je eu la faiblesse d'accepter ? Pour ses beaux yeux ? Me faire pardonner ? Le faible espoir de la reconquérir ?

Vêtu d'un kimono, debout face à Seiza (très sexy quant à elle dans son kimono en soie), prêt au combat, il ne faisait aucun doute pourtant que, fort de mes dix ans de judo, ma ceinture orange, mon 1,79 m versus son 1,50 m, j'allais lui donner une leçon, la ratatiner, l'éclater, la remettre à ses études d'hojōjutsu, lui apprendre ce qu'était un maître en art martial.

Après les salutations d'usage (ritsu-rei : 30° d'inclinaison, respiration brève, fermeture éclair des yeux), en moins de temps qu'il ne faut pour manger un sushi, sans que je comprenne ce qui m'arrivait, et comment cela pouvait m'arriver, je me suis retrouvé ligoté, face contre terre, bavant sur le tatami bleu turquoise.

Devant moi maintenant : les beaux pieds de Seiza, qui tient le bout de la corde rouge, l'agite et m'enserre.

Je me demande alors – avec l'impression d'être devenu un gigot, une pièce de boucher –, tout en admirant le vernis noir de ses ongles d'orteils, si la base de cet art martial, l'hojōjutsu, c'est l'humiliation.

121 *bis*

Peut-être que j'apprécierais d'être ligoté, si :
• j'étais seul avec elle dans son salon,
• je n'étais pas au milieu d'un tatami entouré de tarés, de fanatiques, s'extasiant devant l'efficacité de Seiza, la dextérité de son geste, la beauté de son ligotage.

122

Peut-être que j'aurais apprécié d'être humilié, si je ne l'avais pas été totalement au moment où elle a passé le bout de la corde à cet homme, le motard barbu tatoué, l'espèce de blonde brute et décolorée que j'avais vue à la station, pour lui montrer comment la manipuler – la corde : les différentes techniques de tenue et de pression pouvant faire bouger, indépendamment, les moindres parties de mon corps.

123

Je me dis que je suis tombé sur une secte SM, que je suis le dindon de leur farce érotique, que je vais finir rôti, au fond d'un bois. C'est bien ma veine.

124

Le lendemain, frottant mon corps endolori, de retour à la station-service, j'ai besoin d'appeler ma mère pour me lamenter de cette aventure invraisemblable, avant de lui demander, légèrement déboussolé par cette idée, si l'humiliation est un plaisir au Japon, ou, pire, à l'origine du désir. L'origine même du désir ? Ça crépite, ça coupe. Je raccroche sur cet écho et me réfugie dans mon cappuccino.

Mon client chinois habituel débarque avec un caisson en polystyrène rempli de langoustes qu'il négocie contre un plein. Je refuse pour la forme (histoire de faire monter les enchères). Il insiste :

— J'ai aussi DVD horreur et zombie érotiques pour toi.

J'accepte le deal et je me retrouve avec cinq DVD érotiques chinois et japonais et une douzaine de langoustes vivantes gigotant au milieu de glaçons, dans un caisson.

125

La langouste que je saisis et que, pris d'une affection soudaine, j'embrasse – et en l'embrassant, c'est la mer que j'embrasse, ses profondeurs, ses abysses – semble câline. J'ai presque envie de l'adopter. Où la mettrai-je ? Dans ma baignoire ?

En la reposant à l'intérieur du caisson, je sens que je m'attendris, que je vieillis, qu'un homard serait sans doute plus indépendant.

126

C'est le soir du vernissage de l'exposition de ma sœur. Elle a invité une trentaine de personnes et je prie pour que mon boss ne débarque pas à l'improviste. Nietzland m'aide à disposer sur le comptoir le vin et les petits-fours qu'elle a commandés. Butant sur le caisson en polystyrène (les langoustes nagent désormais dans une mer d'icebergs miniatures), il s'étonne :

— C'est quoi, ces langoustes ? Pourquoi tu as des langoustes vivantes dans ta station ?

— La vie est parfois un mystère, je réponds.

Puis, mangeant un petit-four au fromage :

— Tu sais, j'ai revu ma Japonaise.

— Ah oui, elle a accepté de te revoir ?

— En quelque sorte… mais ça a viré au cauchemar, en tout cas pour moi.

J'ouvre une bouteille de pape-clément. La posant sur le comptoir, je me sers, le sers et tandis que je hume le vin (premier nez), il attrape une pâtisserie en forme de sein.

— Imagine, je me suis retrouvé ligoté sur un tatami, devant un public de yogistes assoiffés de chakras.

— Quoi ? De quoi tu parles ? C'est quoi cette histoire ?

(Deuxième nez.)

— C'est une longue histoire.

— Tu participes à des soirées SM sans m'inviter ? il me taquine, en mangeant sa pâtisserie. Mmm… trop bon. Tu sais comment on appelle ces trucs ?

— Non.

— Les Tétons de Vénus, tu vois. Ou les Mamelons de Vénus.

Les premiers convives nous interrompent. Une fille s'approche de moi, un fruit à la main. Un fruit bizarre et moche, à l'odeur de banane et de chaussette, reconnaissable entre mille : un durian. Nietzland s'affaire à ouvrir les autres bouteilles en l'épiant. La fille m'offre le fruit. Je la reconnais. Je l'ai croisée au barbecue chez ma sœur, elle avait parlé de pastèque et d'un film. Elle me dit, en me tendant le durian, que je saisis :

— Cadeau.

Je ne comprends pas le sens de cette offrande. Je la remercie malgré tout. Bruits de conversations, de pas, de rires. Je tourne la tête vers le parking. D'autres convives arrivent : une fille avec un T-shirt rose I AM MY OWN UNIVERSE, un Black orné d'un béret en cuir, ma sœur au bras de son comptable (ce qui me donne la chair de poule). Je m'excuse auprès de la fille au durian. J'embrasse ma sœur qui franchit la porte automatique, ignorant la joue que me tend son mec. Elle m'interroge :

— Mais qu'est-ce que tu fais avec un durian ?

— Je ne sais pas. Demande à ton amie.

— Quelle amie ?

Je la cherche. Elle est partie fureter le coin HYGIÈNE accompagnée de Nietzland.

— Celle qui est au rayon Tampax.

— Connais pas…

Ma sœur examine, satisfaite, le comptoir et

les petits-fours. Je dépose le durian sur le rebord du caisson des langoustes. Les gens continuent d'affluer. Il y a une cinquantaine de personnes maintenant. Ma sœur fait un discours, bref, puis pousse un cri, à la suite duquel un DJ venu avec son matériel lance un remix électro de Charleston. Tout le monde se met à danser. On se croirait dans *Gatsby*. Quelques clients observent, au moment de payer, médusés ou amusés, la scène, me demandent si c'est un mariage. Tandis qu'ils mangent une barre chocolatée, je leur réponds « oui » pour leur faire plaisir.

Les mariages, ça rassure.

127

J'aurais aimé être Baudrillard et pouvoir leur balancer : « Dans la pornographie du mariage s'est perdue l'illusion du désir. »

128

Mais je ne suis que moi. Alors que le DJ passe *The Comet is Coming*, Jean Pol arrive, admire les gens sur la piste improvisée de danse et me dit :

— C'est Babylone. J'adore.

Je ne sais pas trop ce qu'il entend par là.

— Ta sœur est un génie. Je vais me marier avec.

— D'accord, je réponds. Bon, mais elle est déjà maquée avec un comptable.

— C'est un détail. Et tu le sais bien : il n'est guère de passion sans lutte.

Il part danser à côté de ma sœur. La fille au durian discute avec Nietzland. Je me demande ce qu'ils peuvent avoir à se dire et ce qu'en général les gens peuvent avoir à se dire. Quelqu'un tousse, signale sa présence. Je pivote. Un homme portant un bob de serial killer, sur lequel est marqué MUTATIONS (comme un avertissement ?), est devant moi et me demande, en hurlant pour couvrir le son de la musique, si, à tout hasard, quelqu'un n'aurait pas laissé un livre pour lui. Mon cœur s'arrête de battre. Rejet d'adrénaline. Je toussote, j'acquiesce et lui remets lentement le livre de San-Antonio, *Ceci est bien une pipe*, que Nietzland a cru bon de substituer à l'autre laissé la dernière fois par l'homme à la barbe, en cornant une page et soulignant le mot « dame ». L'homme s'empare du livre, semble réprouver le titre, tourne les talons et s'en va. L'envie de le suivre me démange. Je fais des signes pour attirer l'attention de Nietzland. En vain. Autant essayer d'embrasser une taupe. Il discute à bâtons rompus avec la fille au durian. Je quitte ma caisse et décide de prendre en filature l'homme au bob, que je vois monter dans une voiture noire, une Saturn Sky décapotable. Je prends les clefs de Nietzland à l'intérieur de son manteau. L'homme démarre sa Saturn. Je cours, saute dans la bagnole de mon ami et démarre à mon tour.

129

Nos regards se croisent comme dans une pub pour un shampoing : au ralenti. Alors que je quitte en trombe la station-service (et étrangement tout se passe au ralenti, comme si on était réellement dans un film ou pire : dans un livre), alors que je quitte en trombe la station-service (au ralenti donc), je croise la Škoda de mon boss, qui me regarde avec ses gros yeux bouffis, que je regarde avec mes yeux de gazelle. Par réflexe, j'accélère et, dans le rétroviseur (toujours au ralenti), je vois sa voiture s'engouffrer dans la station-service.

129 *bis*

Chronique d'une catastrophe annoncée.

130

Au feu rouge que je brûle (toujours et à jamais au ralenti), décidé désormais à fuir, quitter la ville, partir le plus loin possible, au-delà de la nuit, après les forêts, aux antipodes de mon boss, je remarque, arrêtée au carrefour, une Yamaha 650 XS rouge et noir sur laquelle sont assis deux motards. Sur le dos du passager, accroché : un sabre. Je les frôle, les dépasse. Ils sont désormais dans mon rétroviseur eux aussi.

131

Mon souffle coupé. Est-ce ma cruelle Nipponne ? Que faire ? Retourner à la fête ? Faire demi-tour ? Un tête-à-queue ? Il est trop tard.

131 *bis*

Comme dirait Camus : « Heureusement, il est toujours trop tard. »

132

L'impossibilité du Japon.

133

Dans le rétroviseur : le carrefour, la Yamaha, deux queues-de-cheval qui sortent du casque, flottent au vent quand la moto repart. Les secondes s'étirent. Et brusquement, dans la nuit noire : un gyrophare, des appels de phare. C'est la police qui semble vouloir m'arrêter. Je me range sur le bas-côté après quelques hésitations : deux cent cinquante mètres d'hésitation.

134

Deux agents sortent du véhicule, la main posée sur l'étui de leur arme, s'avancent lentement, vers ma voiture, en crabe, prêts à dégainer, me dégommer. J'ai l'impression un instant d'être le criminel le plus recherché de la planète. (Et peut-être le suis-je soudain devenu.)

135

Pantin rend parano.

L'agent n° 1 (moustachu, gros : le cliché de l'agent des années 80, échappé d'un film de Gérard Oury avec Louis de Funès) me fait signe de baisser la vitre et, tandis que je m'exécute, il dit, d'une voix étouffée, considérant peut-être que je viens de commettre le délit le plus grave du code de la route :

— Monsieur, vous avez brûlé deux feux rouges.

— Vous êtes sûr ? je demande en estimant qu'au fond, il n'y a pas plus triste qu'une comédie de Louis de Funès.

J'ai toujours trouvé les films avec Louis de Funès immensément tristes. Plus triste encore, il y a bien le premier *Superman* de Richard Donner, tourné en 1978.

L'agent n° 2 :

— Vous vous foutez de nous ?

Il est mince, élancé, blond, platine : le cliché de l'agent fasciste qui refoule son désir d'être doux. Moi :

— Quoi ?

Et je me dis qu'il n'y a pas plus triste que Superman, lorsqu'il voit mourir son amoureuse, éphémère humaine, engloutie par une faille née d'un tremblement de terre généré par la folie de Luthor. Il n'y a pas plus insoutenable alors que la mélancolie de Superman, son inconsolable solitude. Son inutile éternité.

— Vous êtes daltonien ?

Et tandis que je songe à l'infinie tristesse de Superman (lui : éternel et seul), à mon traumatisme né de cette scène (je crois que c'est à ce moment-là – j'avais neuf ans et des poussières – que je me suis rendu compte que j'étais humain, désespérément et irrémédiablement humain, et que j'ai commencé à collectionner les boîtes d'allumettes), je répète :

— Quoi ?

En fait, il n'y a pas plus humain que Superman. Il n'y a pas plus fanatiquement et farouchement humain que Superman, qui, par amour, change le cours de l'Histoire, en désaxant la Terre, tournant autour, dans le sens inverse des aiguilles d'une montre, pour remonter le temps, faire revivre sa dulcinée, la sauver. Ce n'est que quand l'agent n° 1 me dit agressivement : « Vos papiers, s'il vous plaît, monsieur » que je reviens, moi, sur ma Terre, et que je prends conscience de mon interpellation.

— Euh… je n'ai pas de papiers… mais il était où, le deuxième feu rouge ? Je ne l'ai pas vu.

L'agent n° 2 :

— Sortez du véhicule lentement.

J'obtempère. Il me plaque contre la voiture, me fouille, me palpe l'entrejambe.

— Vous avez bu, monsieur ?

— Pas vraiment.

— Comment ça pas vraiment ?

— On ne peut pas dire que la bière soit de l'alcool.

— Il se fout de nous. On va checker son épave et lui coller un max : pneus lisses, outrage, défaut d'assurance, en plus des feux rouges brûlés.

— Ce n'est pas une épave, c'est une Mercury.

L'agent n° 1 :

— Ta gueule.

L'agent n° 2 :

— Le véhicule est à vous ?

Moi :

— Euh... disons que je l'ai emprunté.

— De mieux en mieux, surveille-le, je vais fouiller sa poubelle.

L'agent n° 2 me tient en joue. L'agent n° 1 passe la main par la vitre ouverte, actionne l'ouverture du coffre puis s'y dirige, espérant peut-être y trouver un cadavre. (À ce moment-là, j'ai subitement un doute, qui se transforme en gouttes, de sueur froide : j'espère que Nietzland n'a oublié aucun cadavre dans sa voiture.) L'agent blond étouffe un cri de génisse. Il a trouvé quelque chose dans le coffre, un objet, dont il se saisit. Il le lève au ciel, victorieux, en hurlant :

— Et ça c'est quoi ?

137

Je tourne la tête. Rassuré, je soupire :

— Cela m'a tout l'air d'être une tronçonneuse.

138

Une tronçonneuse, deux litres de rhum, trois litres de bas-armagnac, quatre bouteilles de pic-saint-loup, un pack de dix canettes de bière Trappist-1, dix paquets de chips au vinaigre, cinq paquets de chewing-gums et de préservatifs.

Au poste, face à l'inventaire des objets trouvés dans sa voiture que dressent les agents n° 1 et n° 2, Nietzland, prévenu par mes soins, déploie des trésors de diplomatie pour les convaincre que tout cela n'est rien. Rien que des préparatifs pour un futur pique-nique avec sa moitié, qui, d'ailleurs, est avocate au barreau de Paris. Il explique aussi que c'est sa voiture et qu'il est bûcheron. Finalement, tout rentre curieusement dans l'ordre.

139

En mettant la ceinture de sécurité, j'interroge Nietzland :

— Qu'est-ce que tu fais avec une tronçonneuse dans ton coffre ?

— Elle était en solde.

— Mais tu n'as pas de jardin !

— Le prix était vraiment intéressant, tu vois.

Je scrute son visage. Il a l'air sérieux.

— Tu es un grand malade.

— Pas plus que toi ! Au fait, pourquoi tu t'es barré avec ma voiture ?

— Pour suivre l'homme qui était venu chercher le livre codé.

140

Sur le chemin de la station, il me raconte la fin de la fête. Il insiste pour me présenter à une fille, une amie, qui serait géniale pour moi. Je lui dis que c'est impossible, qu'il oublie que je suis amoureux de ma Japonaise, Seiza.

Il me dit : « L'amour, c'est une fiction. » Je lui rétorque qu'avec moi, ça serait plutôt de la science-fiction.

141

De retour à la station où Jean Pol tient la caisse, j'observe avec circonspection le tas de langoustes mortes, vraisemblablement asphyxiées par le durian tombé à l'intérieur du bac polystyrène.

142

Je jette le tout dans la cuvette des toilettes femmes.

143

Je prends la relève de Jean Pol, qui regagne ses pénates.

Ce qui est très étrange, c'est que je n'ai pas de message incendiaire de mon boss, il ne m'a pas viré. Ce n'est sans doute pas lui que j'ai vu entrer dans la station-service : mais un clone ou son sosie. (Les sosies pullulent de nos jours.)

144

Le mobil-home est toujours là. Du linge est étendu sur les antennes de son toit. De la fumée sort de la cheminée, dont le bout est en forme d'ogive. Le drapeau onusien a été remplacé par un autre, rouge traversé par un trait oblique noir cerné de blanc. Il m'évoque quelque chose.

Je vérifie dans le Larousse illustré. C'est celui de Trinité-et-Tobago.

Je n'ai pas encore croisé l'envahisseur. Peut-être compte-t-il prendre racine, s'installer durablement, transformer ma station en camping.

144 *bis*

Je pense à la mobil-homisation de la société.

144 *ter*

Tandis que je médite sur cette préfiguration d'un monde condamné à devenir ambulant, que j'imagine un futur sans niche, ni logis, un adolescent noir et son père, attablés au comptoir, devant un double Coca Light, conversent. L'adolescent mange un hamburger McDonald's, dit :

— Dieu nous voit, papa…

Je suis perdu dans mes rêveries. (Où est Seiza ? Que fait-elle ? Dois-je l'appeler ? Quel prétexte inventer ?) Un peu plus tard, j'entends l'adolescent dire, mettant du ketchup sur ses frites :

— J'te jure, papa, la métaphysique, c'est pas une élévation, mais une chute… une chute vertigineuse.

145

L'adolescent me fait face, paie le Coca Light, très concentré sur la discussion avec son père :

— Je t'jure devant Dieu, papa (l'ado me dévisage intensément – *mais sans me voir* – comme si Dieu, à cet instant, c'était moi), j'ai juste dit ça et ils m'ont pris pour un sauvage.

146

Je songe à mon a-dorable-bominable Seiza, à l'éventualité de lui envoyer un SMS pour l'inviter à dîner. Je réfléchis. Je consulte le Web rapidement et je lui adresse un message pour l'inviter au cinéma, une rétrospective zombie dans une salle parisienne : une nuit de projections (trois films de minuit à 8 heures du matin) sur cette thématique, un samedi soir dans deux semaines.

147

L'adolescent et son père sont partis. Il est 23 h 30. C'est une heure creuse. Je me demande comment tuer le temps. (Et avec quoi.)

148

Sur un site Internet illégal, j'essaie de télécharger, non sans scrupules, le dernier film de Godard, *Adieu au langage.*

Une pub intempestive attire mon attention. À la gauche de l'écran, sur le site de téléchargement, un message clignote, sous la photo d'un nez de femme, en fluo : J'AI ÉLIMINÉ MA BOSSE NASALE EN DEUX SEMAINES.

149

Intrigué, j'hésite puis je finis par cliquer sur l'icône, la photo, le bout du nez. Des myriades de fenêtres et de pop-up (de sites pornographiques) s'ouvrent et bloquent l'ordinateur de la station.

150

Multiplication des pop-up puis c'est le black-out : l'ordinateur rend l'âme, il s'éteint brusquement, produisant un étrange et dérisoire bruit de pneu qui se dégonfle.

151

C'est toujours effrayant un ordinateur qui s'éteint tout seul. Comme si la Terre s'arrêtait de tourner. Je retiens mon souffle, j'attends deux secondes. Dans un toussotement rauque, il redémarre automatiquement pour laisser place à un écran bleu. Un bleu Atari des années 80 – plus terrorisant que l'écran noir – sur lequel défile une série de chiffres et de lettres indéchiffrables, verts.

152

Paniqué, je débranche l'engin sauvagement, puis je reçois un texto de Seiza :

Oh oui, j'adore les zombies.

153

Ce message finit de me faire flipper. Je m'interroge et me dis, dans la confusion la plus totale, que c'est sans doute pour cette raison qu'elle se trimballe avec un sabre, qu'il y a un lien entre cette arme de samouraï et son amour des zombies.

154

Je me calme, je respire, j'inspire, j'expire. J'essaie de me convaincre qu'il n'y a rien de plus normal qu'une Japonaise aimant les zombies. Une goutte perle de mon front.

155

D'ailleurs, elle a peut-être écrit ça pour me faire plaisir. « Oh oui, j'adore les zombies » : sans doute faut-il voir cette adulation des morts-vivants uniquement comme un intérêt pour ma personne, mon être, ma compagnie (passer une soirée ciné avec moi), et non pas comme un délire sanguinaire.

156

Au cinéma, allez savoir pourquoi, la station-service est propice aux films de genre, d'horreur : peut-être porte-t-elle les germes d'un nouveau monde. *Tous les garçons rêvent de Mandy Lane. Massacre à la tronçonneuse. Twin Peaks.* Elle y devient refuge ou isthme, pont entre deux univers : nerf de la guerre ou lieu du… délire sanguinaire.

156 *bis*

Je respire encore, prends une bouffée d'air viciée par l'odeur des langoustes mortes au durian qui ne s'est pas dissipée. Fixant les écrans grésillants des caméras de surveillance, je pense à nouveau : « Pantin me rend parano. »

157

Sur un des écrans, en noir et blanc, je vois Jean Pol revenir. Il arrive devant moi, me dit qu'il a oublié son portable, s'émerveille :

— C'était vraiment trop cool, la fête, j'adore ta sœur, c'est mon eau vive, le castor de ma vie.

158

À peine le temps de lui dire que ma sœur n'est pas un castor, qu'une jeune femme noire, tout droit sortie d'un western, débarque un livre à la main, chapeau de cow-boy sur la tête, chemise à carreaux nouée au niveau de son nombril. Elle dit :

— J'aimerais vous laisser cet opuscule, quelqu'un doit venir le chercher.

Jean Pol le prend, sans en mesurer l'enjeu. La femme part. Mon collègue fixe la couverture du livre. Je lui demande ce que c'est. Il me répond :

— De la pure provocation.

Par-dessus son épaule, j'entrevois le titre – c'est *La chute* de Camus – avant qu'il ne le mette dans sa poche.

159

La jeune femme noire enfourche un scooter au moment où une antiquité, une Fiat 500 vintage, s'arrête devant la pompe n° 4. À ma grande surprise, Ray, mon ami de Malte, en sort. Il me rejoint sur le seuil de la cabine, me salue avec un large sourire et m'explique qu'il part en vacances, direction Plein Sud, qu'il voulait en profiter pour me faire coucou. Une porte de sa voiture s'ouvre. Du siège passager, s'extrait une femme : la sienne. À ma plus grande surprise bis. Tandis qu'elle va aux toilettes, j'offre un café à Ray, lui demande :

— Finalement, tu t'es remis avec elle ?

Il me répond :

— Oui, mec. Il n'y a pas de révolution sans feu.

On entend alors un cri de mouette hystérique qui provient des toilettes, vers lesquelles tous (Jean Pol, Ray, un autre client, moi) se précipitent et convergent. Sa femme apparaît, en pleurs. Tremblante, elle se réfugie dans les bras de Ray.

— Mais qu'est-ce qu'il se passe ? demande Jean Pol.

Trépignant, tapant des pieds, elle hurle :

— Il y a des langoustes vivantes dans les waters !

160

Je fume une cigarette américaine devant le CAMPANILE, regardant des ombres bouger à travers une fenêtre éclairée de laquelle provient une discussion animée. Je ne m'explique pas les langoustes ressuscitées. Le durian aurait-il simplement un effet anesthésiant ? Je m'avance. Proche de la fenêtre entrouverte, laissant entrevoir un papier peint noir et vert, j'entends : « Ma liberté s'effrite. » Un claquement de porte, des sanglots, un crépitement, le néon de l'hôtel s'éteint, puis plus rien. J'attends un instant, guettant ombres ou éclats de voix. En vain. Seul le bruit du périphérique trouble la profondeur de la nuit. L'éclat tremblant d'un palmier sur le papier peint noir et vert, dont un bout est éclairé à la bougie. Un bruissement. Je me retourne, je jette un œil à la baraque inhabitée et j'aperçois une ombre passer à vélo le long de la façade en briques.

160 *bis*

Je rôde autour du mobil-home, décidé à l'inspecter. Ma torche éclaire les autocollants qui le recouvrent : des drapeaux de pays de la zone caraïbe. Tel un virus qui se propage, l'appareil à gonfler les pneus, rouillé, en est tapissé aussi.

Devant la porte, au sol, je tombe sur un prospectus rouge, vantant un déstockage massif chez MONSIEUR MEUBLE. Il est barré d'un slogan choc : une phrase qui me rappelle douloureusement quelque chose, me déchire inexplicablement.

Un type surgit de nulle part, avec une pelle et une botte de carottes. Je sursaute. Il s'avance vers moi. J'ai un mouvement de recul. Il me demande (comme si j'étais chez lui) :

— Vous désirez ?

Ne sachant que répondre, désignant le sol, je bredouille bêtement :

— Ce… ce prospectus, ce slogan, ça me dit quelque chose.

Il le ramasse, le lit, lâchant sa pelle, me tendant une carotte :

— *Meubler votre intérieur, c'est exalter votre âme.* Et ? Ça pourrait être le slogan d'une église évangélique. Rien de plus banal.

Haussant les épaules, il froisse le prospectus, le garde à la main et s'engouffre dans le mobil-home.

160 *ter*

Je ne sais pas si c'est banal mais ça me revient, c'est… moi. Cette phrase est issue du roman que j'ai presque écrit et dont l'unique version se trouvait dans la clé USB donnée au SDF.

Comment a-t-elle pu se retrouver là ?

Je réfléchis une fraction de seconde et conclus, atterré, que les commerciaux de MONSIEUR MEUBLE sont sans scrupules.

161

Deux jours plus tard, mon patron me gratifie de sa visite hebdomadaire. Il prend une dizaine de billets de la caisse. Une bière dans le frigo. Un sandwich toasté au distributeur automatique. Il gobe le tout. Puis il va relever la boîte aux lettres et revient avec le courrier : deux ou trois lettres et un colis, qu'il ouvre, intrigué. C'est un livre. Il me le montre :

— C'est quoi ça ?

Je regarde la couverture : *The Art of Tying Your Enemy.*

161 *bis*

La vie est faite de contrariétés, infimes à l'échelle de l'univers, mais toujours renouvelées. C'est le livre que j'ai commandé : *L'art d'attacher votre ennemi.* Je fais l'innocent : « Je ne sais pas. Une pub ou une lubie de Jean Pol ? » Mon boss hausse les épaules, jette l'ouvrage à la poubelle, au milieu des détritus alimentaires. Crime absolu.

162

C'est la grève. Les routiers en colère bloquent les raffineries. Ma station a épuisé toutes ses réserves. Je n'ai plus d'essence à vendre. La pénurie est totale. Paradoxalement, je n'ai jamais autant travaillé. Une file de voitures désespérément longue bloque la voie d'accès à la station-service. Les gens m'assaillent de questions.

Leur préoccupation principale, le sujet de leur tyrannie : le retour à la normale.

162 *bis*

Le retour d'un monde où l'essence coule à flots, où l'abondance est reine, où le bonheur est dans le flux.

162 *ter*

Je serais le garant de ce retour. Son dépositaire. On me supplie de téléphoner à Total, Mobil, BP, Petroplus, Shell, Avia, Esso, Exxon.

Je serais leur dernier espoir.

Une rumeur virale circule, prétendant que ma station serait la première approvisionnée après le blocus des zones de stockage.

162 *quater*

Après le blocus, le beau temps.

163

À défaut de pouvoir alimenter leurs voitures, les gens s'alimentent, dévalisent mon magasin, mon bar. Je suis à court de chips. Le rayon BIO a été dévasté.

La station est remplie de véhicules et de clients qui errent, sous un soleil de plomb, avec des jerrycans, semblables à des zombies déphasés, affamés, dans un parc d'attractions. C'est l'anarchie. Du moins, ses prémices.

164

Certains (des nouveaux arrivants) insistent, me quémandent une dernière goutte d'essence. Une dernière dose. Comme si j'avais caché des seringues de sans-plomb quelque part.

164 *bis*

Alors que dehors ça klaxonne, à l'intérieur, les uns s'emportent, pestent contre les routiers ou les hommes politiques, les autres parlent de l'état déglingué du pays, d'un monde qui part à vau-l'eau. Certains sont à la limite de la crise de nerfs, au bord des larmes. Un homme me demande si j'ai des huîtres.

La pénurie crée l'hystérie.

Pour calmer les esprits, je passe *Mad Max* (la version de 1981) à l'écran.

164 *ter*

Devant le présentoir des cartes routières, deux clients s'écharpent sur les décisions d'un gouvernement, qui serait, selon l'un, éclairé, et selon l'autre, obscurantiste.

Ma station est devenue une arène politique, un lieu d'échanges et de débat, le pouls, le parlement d'un peuple qui gronde.

164 *quater*

J'essaie de téléphoner à Seiza. Sans succès.

Mad Max dit : « *She lives now only in my memories.* »

164 *quinquies*

Au bar, un docteur prêche avec ferveur l'abandon du carbone dans le transport, milite pour l'avènement des énergies décarbonées, propres, renouvelables. Il prétend que l'essence c'est l'hérésie, qu'on fonce droit dans le mur. Il braille : « Réveillez-vous. » Sus aux hydrocarbures.

Je rêve de prendre la défense de mes clients, en clamant : « Vous pouvez continuer à dormir. Car comme dirait Bruckner : "*Derrière les commissaires politiques du carbone, c'est un nouveau despotisme à la chlorophylle qui s'avance.*" »

165

La grève dure depuis trois jours, elle me rappelle que, dehors, il y a un monde, que le monde réel existe, qu'il est hurlant et qu'il a soif.

165 *bis*

La grève me reconnecte à mon travail.

165 *ter*

Nettoyant le sol de ma station jonché de détritus divers, vestiges d'une guerre improbable (sacs plastique, canettes écrasées, mégots, cotons-tiges, emballages de chips, de Kinder Bueno…), je remarque alors l'évaporation du mobil-home.

Sans doute a-t-il senti le vent de la pénurie, du cataclysme, est-il parti tel un animal avant un séisme.

166

C'est mon anniversaire. Ne sachant que faire, j'ai suivi Nietzland dans une soirée dite « russe », près de la gare du Nord, où sa sœur Cassandre, légèrement enrobée et dépressive, nous rejoint.

La soirée est pleine de filles d'Amérique du Sud, belles et sexy. L'une d'entre elles m'aborde, me donne un verre, et après avoir bu le sien cul sec, me demande si je considère qu'il y a une vie après Facebook. Où veut-elle en venir ? Au moment où je m'apprête à lui répondre, d'autres filles – un banc de sirènes merveilleusement slaves – nous abordent, on discute de je ne sais quoi. De loin, je vois la sœur de Nietzland se faire peloter par un mec, je bois ce qu'on m'offre, c'est de la vodka je crois, puis je perds le fil de la soirée.

167

Dans la nuit, nu, on me sniffe.
On me sniffe et me dit :

— Tu sens l'essence.
Vaseux, ivre, je balbutie :
— C'est un parfum comme un autre.

167 *bis*

Pendant qu'elle continue de me sniffer – avec la langue ! –, je me demande comment je me suis retrouvé au lit avec Cassandre, la sœur de Nietzland. Tout est confus. Ma tête est lourde. Je donnerais mon empire pour une aspirine. Je la retourne, jouis sur ses fesses potelées et m'effondre sur son dos.

168

Le lendemain, j'ai la tête dans un étau. L'étau de la gueule de bois. La sœur de Nietzland est partie. Mais elle m'inonde de SMS m'exhortant à ne rien dire à son frère, à ne pas lui révéler la nature de notre « vraie relation », rajoutant que je suis « vraiment doux », insistant sur la douce intensité de notre étreinte. Je ne sais pas ce qu'elle entend par « vraie relation ».

Je m'efforce de reconstituer le fil de ma soirée. En vain.

169

À travers l'effervescence du cachet dans mon verre, pâteux, je contemple ma station. Elle semble flotter, en apesanteur. L'espace-temps se contracte. Au comptoir, un représentant dit à un autre :

— Ce que je sais de la morale, c'est au football que je le dois.

170

Quelle idée m'a pris de coucher avec la sœur de mon meilleur ami ? J'essaie de trouver la réponse dans l'eau troublée par le cachet. À la télé, un match de football opposant Rodez au Red Star. Le commentateur se moque d'un défenseur japonais qui se retrouve souvent le nez dans le gazon, à cause de ses glissades et ses tacles intempestifs, et se marre : « Les Japonais sont peut-être herbivores. » Coup franc pour Rodez. Un client fait le plein. Ronronnement de la pompe n° 5. Mon portable vibre. C'est un SMS de Cassandre :

Kestu fais ce soir ?

171

Dehors, en face de la maison inhabitée, je fume une cigarette, lentement, observant, sans pensée, entre chien et loup, la fumée qui se mêle à la bruine. Au bout d'un moment, je remarque un je-ne-sais-quoi d'inhabituel. C'est ça : une voiture est parquée devant le perron de la maison. À l'affût, je scrute le moindre mouvement. Rien ne se passe. Ni à l'intérieur, ni à l'extérieur. Puis brusquement : des bruits de pas sur le gravier. Une ombre. Bruit d'une portière qui s'ouvre et se referme. La voiture démarre et part sans allumer ses phares. Je regagne mon habitacle et écris sur un carnet de notes : « Commencer à penser, c'est commencer à être miné. » Mon portable vibre à nouveau. Le Red Star réclame un penalty. Il l'obtient. Carton rouge pour Ulysse, le gardien aveyronnais. Exit Ulysse. Coupable de s'être empalé à dessein sur l'attaquant uruguayen du Red Star, Estrellas, pour l'empêcher de frapper au but. Un des représentants râle contre cette décision arbitrale :

— Ce championnat, c'est de la sodomie.

Je vérifie mon portable. Est-ce Cassandre qui exige une réponse à sa question ? Non, c'est un SMS de Seiza. Elle me demande si la nuit des zombies est maintenue. Je lui réponds :

Plu ke jamais.

171 *bis*

Plus que jamais j'ai envie de la voir. Plus que jamais je pense à elle. Plus que jamais je veux être sa *Prisonnière du désert.* Je vais dehors prendre l'air, fumer une n-ième cigarette, y boire mon café.

171 *ter*

Dehors, je remue la touillette en plastique dans la tasse. (J'aime la beauté de ce geste ordinaire, le répéter à l'infini – c'est comme si l'univers était contenu dans cette rotation.)

172

Je retourne dans ma capsule. Les représentants de commerce sont toujours là. Accoudés au comptoir, un œil sur le match, ils parlent de radiateurs et d'inertie fluide.

172 *bis*

Perplexe, me demandant de quoi il s'agit, je recherche sur Google. 429 000 résultats. Le premier lien pose la question: «Quelle inertie choisir?»

172 *ter*

Sur le forum être-bien-chez-soi, un internaute écrit: «Je vais remplacer certains de mes grille-pain par des radiateurs à inertie. Mais je m'interroge: comment choisir son inertie?»

172 *quater*

Je téléphone à Nietzland pour savoir s'il va bien, quelle inertie il me conseillerait, lui. Il ne décroche pas. Un client se présente, règle son plein et repart.

173

Finalement, il n'y a pas de permanence dans ma station-service. Les gens ne font que passer. Tout y est transitoire et fugitif. Symbole du temps qui file, de l'impermanence même. Anti-temple, ma station célèbre l'éphémère, le passager, le temporel. Seule sa structure – l'infrastructure –, au final, est impérissable, durable. Bon, après, peut-être que les gens reviennent par saison, que la permanence est cyclique. C'est une permanence plus difficile à cerner, plus indomptable.

174

Les représentants ne sont toujours pas décidés à lever le camp. Ils prennent leur temps, ne semblant pas très pressés de vendre leurs radiateurs. Le match est fini. Ils suivent maintenant les informations. Un sujet sur les migrants à Calais les magnétise. L'un dit :

— Les migrants surjouent l'exil.

174 *bis*

J'aurais aimé être Jake LaMotta, leur ordonner sans sourciller de se barrer. Mais je me contente de leur balancer :

— Et vous, je crois que vous surjouez les représentants.

175

J'appelle mon père pour lui raconter que j'ai failli en venir aux mains avec des VRP enragés. Il me signifie qu'il est occupé, qu'il fait une thalassothérapie avec sa nouvelle copine à Biarritz, que c'est l'amour de sa vie, qu'il me rappellera. Il raccroche juste après avoir chuchoté : « Elle est tatouée partout, c'est incroyable, son corps est un livre : ouvert. »

176

La nuit zombie bat son plein.

177

Hall du cinéma. C'est la pause entre deux séances. Alors que je parle avec Seiza du film qui vient d'être projeté, *Planète Terreur*, de la scène finale de course-poursuite, une femme asiatique, petite et enrobée, me dévisage, de loin, en tongs. Je fais semblant de ne pas la voir. Elle m'aborde, me dit : « Je vous connais, vous. » Seiza la regarde. Je la regarde. Je réfute. La femme asiatique insiste. « Si, si, je vous connais, oui, je vous remets maintenant, sur Tinder, on avait rendez-vous, vous êtes arrivé devant moi, vous m'avez dévisagée des pieds à la tête, puis vous vous êtes retourné, et quand j'ai crié votre nom, vous avez couru. Mao Mao, c'est vous, non ? » Je démens : je ne suis pas « Mao Mao », je ne connais pas Tinder, elle fait erreur, si c'est une façon de me draguer, elle n'est pas très subtile, d'autant moins que « vous voyez, là, je suis avec ma promise ». Elle s'éloigne en me traitant de « vrai connard ». Je me dis que tout est « vrai » en ce moment. Seiza me regarde. Je regarde mes pieds. Elle me demande :

— Tu es sur Tinder, toi ?

Je nie farouchement.

178

La nuit, chez elle, à Télégraphe.

179

Cette nuit-là, on est au lit mais rien ne se passe. Je suis trop intimidé par sa beauté pour pouvoir lui faire l'amour.

180

C'est une nuit sans lune. Irréelle comme la prunelle de ses yeux, la forme de ses seins.

181

Un semi-remorque s'est garé sur le parking poids lourd. Sur ses deux flancs, une publicité :

Le chauffeur en sort et s'étire.

Je fume, en marchant sous les fenêtres du CAMPANILE. J'entends des éclats de voix, des mots durs, des pleurs, puis, un fragment de minute plus tard, des gémissements. Un couple fait l'amour après s'être disputé.

Lieu de la clandestinité, l'hôtel jouxte ma station qui est son contraire, lieu de la transparence, ou son écho, son satellite.

182

Au lit, nu, alors qu'émane de la cuisine une étrange odeur, je regarde la télévision en fumant une cigarette française et en buvant du whisky japonais. En nuisette mauve, Seiza surgit avec un plat rempli de calamars frits. Absorbé par un documentaire sur le béton, je gobe un céphalopode.

183

Puis un deuxième, au moment même où le commentateur, docte, commente : « Le béton est au bâtiment ce que l'âme est à l'homme. »

184

Écran noir.

185

Seiza a coupé la télévision. Elle a arraché le fil de l'appareil qu'elle tient à la main, en souriant. Elle veut refaire l'amour.

186

Elle me prend pour un sex-toy ou alors son désir est sans fin.

187

Je suis devenu son jouet. L'objet soumis de son désir.

188

Elle m'attache contre les barres du lit.

189

Le lendemain, ma station-service a changé. Moi aussi peut-être. Une grue a remplacé la maison inhabitée. Un chantier commence : INTERDIT AU PUBLIC.

A

Sur la route, dans la Mercury de Nietzland, je dévore les kilomètres, la musique à fond. C'est de l'électro iranienne, *Isthmus,* du groupe 9T Antiope.

J'ai pris temporairement congé de la station, pour rejoindre la forêt des Landes, où vit mon père. Il m'a envoyé un SOS de détresse. Sa compagne tatouée l'a volé, dépouillé. Il l'avait rencontrée sur le Web. Elle était bien sous tous rapports. C'était l'amour de sa vie. En fait, elle cachait son jeu. À l'affût, elle avait su attendre le bon moment (un sommeil profond) pour tout lui dérober : carte bleue, chéquier, passeport, bijoux de famille, grands crus et, évidemment, sa vieille Mercedes, son tracteur, son ordinateur, jusqu'à son mannequin de cire placé devant la fenêtre du salon pour effrayer les voleurs.

L'épouvantail aura été vain. L'ennemi venait de l'intérieur.

B

J'avale la route. Je crois que je pourrais faire ça toute ma vie. Rouler toute la vie. Cela me rappelle un livre (une uchronie ?), mais je ne sais plus lequel. Je me dis que routier pourrait être mon nouveau métier. Ma nouvelle amnésie.

De ma station immobile, je passerais à l'état nomade.

C

Peut-être que je le suis déjà, nomade, mobile, depuis que j'ai rencontré Seiza, que cette passion inconstante me transporte.

D

L'autoroute défile dans la nuit.

Comme un vieux rêve : les bandes d'arrêt d'urgence, la ligne blanche, les panneaux d'indication, les aires de repos, les *warnings*, les oasis de lumières, les tunnels, les bretelles, les pylônes électriques, le bitume, l'ombre des cerfs.

Tout se reflète dans mes lunettes de soleil.

Mon carburant s'épuise.

E

L'aiguille est dans le rouge. La batterie de mon téléphone aussi. J'arrive à un péage.

Après le péage, une aire. Des camions parqués à l'entrée. Des glissières, une butte, un talus puis : la station-service apparaît, belle et incandescente, tel un mirage dans le désert. Un quasar au bord d'un trou noir.

F

Je fais le plein. C'est de l'ordinaire. Chose de plus en plus rare. Mais je sais où le trouver en France. (Je connais le secret de l'ordinaire.)

G

Clinquantes, rutilantes, modernes et providentielles, les stations-service des aires d'autoroute sont la première division, la première classe des stations-service. La bourgeoisie du pétrole et de sa propagation dans le monde. Elles sont des bonbons. On peut tout y trouver, tout y consommer.

Dans certaines, même, on peut y vivre, y loger : expérience ultime, proposée par certains tour-opérateurs. Je fantasme un peu. Mais je pense que cet avenir est possible.

En plein milieu des champs, plus loin, une éolienne géante.

H

Le pistolet à la main, je hume les émanations brassées par un vent léger et doux, en écoutant le son des voitures filant (comme des étoiles) sur l'autoroute.

Le couinement de l'éolienne.

Je ne suis pas loin du paradis, de l'extase. Je savoure ce moment. Goutte après goutte.

I

Il n'y a personne dans la station. Je suis seul. Je suis bien. Je n'ai jamais été aussi bien. Il est 3 heures du matin.

À regret, je constate que le réservoir est plein, je dois raccrocher le pistolet, payer, partir, continuer de rouler, consoler mon père, accessoirement lui prêter mon chéquier.

Un café instantané à la main, la touillette à la bouche, les cheveux glacés par l'air conditionné, guilleret, je vais à la caisse.

Je paie. Devant moi, une pompiste rayonnante avec son uniforme blanc rétro-futuriste, cheveux ébouriffés. Alors que je suis sur le point de lui tourner le dos, elle me dit (me le dit-elle ?), dans un grand sourire qui m'aspire (est-ce un flingue qu'elle pointe sur moi ?) :

— Vous m'emmenez ?

Tous mes remerciements vont à :

Benjamin Limonet, pour ses innombrables relectures : minutieuses, pastorales, hallucinées.

Kim Minkyung, tigre extrême-oriental, qui a augmenté (dynamité ?) ma réalité.

Fabien Bordelès, pour sa lecture, son œil de lynx d'archiviste, ses gypsophiles. Son ami Yves aussi.

Sébastien Guillier, pour son soutien landais.

Mes amis de l'ombre (d'Alençon à la Grange-aux-Belles en passant par Avallon, Beaune, la station Rome, Bordeaux ou le 14e).

Et enfin, *last but not least*, à Jeanne Guyon et à Yves Pagès, mes éditeurs, pour leur exigence, leur humour, leur confiance.

DU MÊME AUTEUR

Aux Éditions Verticales

UN HIVER À WUHAN, 2020.

CHRONIQUES D'UNE STATION-SERVICE, 2019 (Folio nº 6953). Prix Maison Rouge 2019.

Aux Éditions D'ores et Déjà

BATTRE ROGER, avec Benjamin Limonet, 2008.

COLLECTION FOLIO

Dernières parutions

6796.	Stéphanie Bodet	*À la verticale de soi*
6797.	Guy de Maupassant	*Les Dimanches d'un bourgeois de Paris* et autres nouvelles
6798.	Chimamanda Ngozi Adichie	*Nous sommes tous des féministes* suivi du *Danger de l'histoire unique*
6799.	Antoine Bello	*Scherbius (et moi)*
6800.	David Foenkinos	*Deux sœurs*
6801.	Sophie Chauveau	*Picasso, le Minotaure. 1881-1973*
6802.	Abubakar Adam Ibrahim	*La saison des fleurs de flamme*
6803.	Pierre Jourde	*Le voyage du canapé-lit*
6804.	Karl Ove Knausgaard	*Comme il pleut sur la ville. Mon combat - Livre V*
6805.	Sarah Marty	*Soixante jours*
6806.	Guillaume Meurice	*Cosme*
6807.	Mona Ozouf	*L'autre George. À la rencontre de l'autre George Eliot*
6808.	Laurine Roux	*Une immense sensation de calme*
6809.	Roberto Saviano	*Piranhas*
6810.	Roberto Saviano	*Baiser féroce*
6811.	Patti Smith	*Dévotion*
6812.	Ray Bradbury	*La fusée* et autres nouvelles
6813.	Albert Cossery	*Les affamés ne rêvent que de pain*
6814.	Georges Rodenbach	*Bruges-la-Morte*
6815.	Margaret Mitchell	*Autant en emporte le vent I*
6816.	Margaret Mitchell	*Autant en emporte le vent II*
6817.	George Eliot	*Felix Holt, le radical.* À paraître
6818.	Goethe	*Les Années de voyage de Wilhelm Meister*
6819.	Meryem Alaoui	*La vérité sort de la bouche du cheval*
6820.	Unamuno	*Contes*

6821.	Leïla Bouherrafa	*La dédicace.* À paraître
6822.	Philippe Djian	*Les inéquitables*
6823.	Carlos Fuentes	*La frontière de verre.* Roman en neuf récits
6824.	Carlos Fuentes	*Les années avec Laura Díaz.* Nouvelle édition augmentée
6825.	Paula Jacques	*Plutôt la fin du monde qu'une écorchure à mon doigt.* À paraître
6826.	Pascal Quignard	*L'enfant d'Ingolstadt. Dernier royaume X*
6827.	Raphaël Rupert	*Anatomie de l'amant de ma femme*
6828.	Bernhard Schlink	*Olga*
6829.	Marie Sizun	*Les sœurs aux yeux bleus*
6830.	Graham Swift	*De l'Angleterre et des Anglais*
6831.	Alexandre Dumas	*Le Comte de Monte-Cristo*
6832.	Villon	*Œuvres complètes*
6833.	Vénus Khoury-Ghata	*Marina Tsvétaïéva, mourir à Elabouga*
6834.	Élisa Shua Dusapin	*Les billes du Pachinko*
6835.	Yannick Haenel	*La solitude Caravage*
6836.	Alexis Jenni	*Féroces infirmes*
6837.	Isabelle Mayault	*Une longue nuit mexicaine*
6838.	Scholastique Mukasonga	*Un si beau diplôme !*
6839.	Jean d'Ormesson	*Et moi, je vis toujours*
6840.	Orhan Pamuk	*La femme aux cheveux roux*
6841.	Joseph Ponthus	*À la ligne. Feuillets d'usine*
6842.	Ron Rash	*Un silence brutal*
6843.	Ron Rash	*Serena*
6844.	Bénédicte Belpois	*Suiza*
6845.	Erri De Luca	*Le tour de l'oie*
6846.	Arthur H	*Fugues*
6847.	Francesca Melandri	*Tous, sauf moi*
6848.	Eshkol Nevo	*Trois étages*
6849.	Daniel Pennac	*Mon frère*
6850.	Maria Pourchet	*Les impatients*

Composition Entrelignes
Impression Novoprint
à Barcelone, le 5 mai 2021
Dépôt légal : mai 2021

ISBN 978-2-07-292322-7./Imprimé en Espagne.

373657